齐冬平钢铁诗选

蓝色的钢铁

SELECTED
POEMS
OF
QI DONGPING

齐冬平 著

中国出版集团

中译出版社

图书在版编目（CIP）数据

蓝色的钢铁 / 齐冬平著. -- 北京 ： 中译出版社，
2024.6

ISBN 978-7-5001-7686-2

Ⅰ．①蓝… Ⅱ．①齐… Ⅲ．①诗集－中国－当代②散
文集－中国－当代 Ⅳ．①I217.2

中国国家版本馆 CIP 数据核字（2024）第 023432 号

蓝色的钢铁
LANSE DE GANGTIE

出版发行 / 中译出版社
地　　址 / 北京市西城区新街口外大街28号普天德胜大厦主楼4层
电　　话 /（010）68005858，68358224（编辑部）
传　　真 /（010）68357870
邮　　编 / 100088
电子邮箱 / book@ctph.com.cn
网　　址 / http://www.ctph.com.cn
策划编辑 / 费可心
责任编辑 / 贾晓晨
封面设计 / 潘　峰
排　　版 / 潘　峰
印　　刷 / 北京中科印刷有限公司
经　　销 / 新华书店
规　　格 / 880 mm × 1230 mm　1/32
印　　张 / 15.375
字　　数 / 265千字
版　　次 / 2024年6月第1版
印　　次 / 2024年6月第1次
ISBN 978-7-5001-7686-2　　定价：50.00元

中　译　出　版　社

对于钢铁形象的艺术想象与审美书写

——诗集《蓝色的钢铁》阅读印象

谭五昌

诗歌是社会生活的艺术表现，许多诗歌作品之所以能够广泛为人传诵，就是因为它们艺术化地记录了社会生活的历史经纬与现实面貌。齐冬平的《蓝色的钢铁》正是一部着力记录社会生活某个领域的历史经纬与现实面貌，以钢铁工业为表现题材与审美对象，富有独特价值与艺术个性的诗集。齐冬平笔下的钢铁题材书写，没有像中国现代化刚起步时那样一味沉迷于歌颂工业的神奇魅力，也没有像后现代主义诗歌写作者那样去刻意批评工业给人带来的身心伤害，而是将诗人自身的工业审美体验融入诗歌文本里，形成了诗人生命感受与诗歌技艺相匹配的情感结构、语言意象和精神气质。

诗人齐冬平的工业诗歌题材书写游走于个人抒情与集体狂欢的话语缝隙，用较为传统的诗歌方式演绎百年中国工业的传奇故事。众所周知，中国工业发展历经了百年曲折过程，从近代洋务运动全力办工厂到"五四"时期大力提倡"科学"发展，再到中华人民共和国成立后大规模的现代化建设，挨过技术落后之鞭的中国人对现代工业的渴慕之情是十分强烈的。到新世纪的当下，我们终于步入以大数据、人工智能为核心的新兴工业时代。齐冬平作为数十年如一日奔赴在工业建设前线的钢铁造梦人，深知我国工业发展一路走来的艰难险阻，因而其诗歌创作在吟唱改革开放和社会主义现代化建设的伟大工程的同时，还精心建构了一个广阔的叙事时空，全景式展示和追溯钢铁工业发展的恢宏历史。例如，在《新时代钢铁家园》一诗里，诗人以蓬勃的气势这样放声歌唱："站在高山之巅　新时代／俯瞰壮阔美丽的钢铁家园／'湛江蓝·中冶梦'旌旗猎猎／银灰色的炉体拔地而起／高炉群如鲲鹏般笑傲蓝天／这是我们自主建造的大高炉／为了这一天　只为这一天／党的百年华诞日在召唤／百花绽放春意盎然／向山而行的建设者、运营者啊／不耽误　不懈怠　挥汗如雨／为共和国的钢铁而生　勠力鏖战。"工业建设者所处的环境是艰苦的，巨大的工业器材无时无刻不在给人传递着一种压迫感和紧张感，但处在其中的齐冬平以祖国建设者的使命感和神圣感替代了身心的劳累与疲惫，其诗歌作品的字里行间满是激情与热烈，生动、细致地描绘了钢铁工人面对广阔天地勇敢创业、从容无畏的英雄主义气概。简言之，齐冬平以一位新世纪（21世纪）的"钢铁诗人"的抒情姿态，站在新时代的高山之巅俯瞰美丽家园，以饱满的热情和诗意的修辞表现工业建设者的家国情怀："有一个旋律　春天的故事响彻天际／预备唱　我们是奔腾不息的长江……／金沙江畔　沙哑的号子声声／把我们的童年唤醒　木棉花开／顺江而下　青山　大黑山的情怀／在宝山滩涂上再次释怀　怒放'85·9'的旗帜下我们和父辈同行。"(《中冶宝钢的安全之灯　点亮　长明》)。齐冬平在诗中毫不掩饰个人情感的抒发，将工人喻为奔腾的长江，流露出诗人内心对自身职业的高度认同与崇敬情感。而从"春天的故事响彻天际"一句可以看出，诗人善于抓住社会生活中的重大事件，将喷涌而出的感情和政论式的表达相结合，以集体代言人的身份来建构其诗歌文本，在浪漫的诗意世界里表达对新时代中国社会的深沉之爱，自觉将宏大的现实叙事与真挚的主观情感相结合，从而使得其"主旋律叙述"变得真切从容。不仅如此，齐冬平还是一位善于立足现实来回望和铭记历史的诗人。比如在《改革开放之钢》一诗里，诗人回溯了二十世纪八九十年代是如何绘制钢铁建设的火热蓝图的。而在从《新中国之钢》到《新时代之钢》等诗作里，通过回顾历史发展的脉络与思想线索书写出了诗人关于钢铁的"蓝色畅想"。简言之，这些诗篇以大气磅礴的节奏梳理了从孙中山到毛泽东一直延续至今的大兴炉冶的工业思想，从中可见，几代伟人冶铁制钢、富国强民的探索脚步从未停下。这些"钢铁诗篇"追溯钢铁文明之源，呈现中国钢铁工业发展的历史图腾，读来令人激动与振奋。

　　齐冬平对于新世纪"钢铁诗人"的身份有着自觉的自我认同，因而其诗歌创作注重工业经验的审美表达，并且善于在工业生产日常细节中捕捉与传达生活的审美趣味。其实说到工业诗歌美学，有一些学者与评论家认为：工业所代表的工具理性，本身拒绝着诗歌的生成。然而事实并非如此，工业诗歌经过百年的发展，逐渐形成了独具特色的艺术特征，它不仅从技术工人的视角展现着人与世界的对抗与博弈关系，而且也以普通人的日常审美趣味描摹着工业世界的盎然诗意。例如在齐冬平的组诗《笑声飞扬　醉了山河》中，诗人生动刻画了海岛男子汉李伟伟、山东大汉董富刚、忠诚敬业的彭军、笑容灿烂的卢长春等工人形象，惟妙惟肖地描绘了他们在五湖四海奋发作为的日常工作场景。诗人以普通平凡的同事为抒写对象，让诗作充满浓厚的生活气息而又耐人寻味，生活与艺术在诗行间巧妙地交融互通。齐冬平很善于书写感性的日常生活体验，或者说，齐冬平是懂得日常生活美学的，比如在组诗《特别的爱》中，诗人这样写道："不回家了吗　年也不过了？／平时两天假都要回到父母身边／冲破四周的疑惑后／毅然奔赴武汉战'疫'第一线／'三剑客'结伴而行／护士长坐镇我要做一名先锋／／／年的味道淡了／忧虑、不安萦绕／仿佛空气在颤抖／心情在缓慢地驿动／地球似手掌把玩的玩具／一边是火焰／一边是忧愁。"诗人与母亲之间一问一答的通话是极其的琐碎家常，但诗人在诗中融入了工作与家庭两难全的"忧愁"，这种矛盾纠葛的感性体验，超越了单向度的情感抒发而显得意味无穷，从而给日常生活涂抹上审美的色彩，提升了诗的质感。再如在《像高炉那样呼吸》一诗中，诗人将作业长的家庭生活娓娓道来："作业长老了／站立在作业区／属于他的指挥中心／一抹朝阳涂在脸面上／坚毅在眼神里跳跃／戴着口罩嗓门依然洪亮／作业区的每个岗位／洪亮的指令快速抵达／尽管指令声有点沙哑／金属的味道扑鼻／／作业长的儿子长大了／笑呵呵地／还依偎在妈妈的身旁／考上大学了／笑容和歌声满屋。"诗人从自身的角度观察作业长的生活情景、工作状况，细致入微地描摹出作业长的笑容与神态，从貌似不经意却精心设计的场景描写中真实地展现出作业长

IV

的日常生活面貌，使得日常生活生发出诗意的光芒。《钢铁的生命》《模具也能总动员》《面包香极了》等诗作亦是立足于日常生活书写来表达审美经验的，这样的艺术表现方式对工业诗歌的诗意生成，提供了一种基于日常而又超越日常的审美体验。

采取各种手段使得表现对象陌生化，使形式变得困难，增加感觉的难度和时间的长度，是当下许多诗人追求的语言形式。讲究诗歌语言的修辞固然无可厚非，但是如果过度追求语言的晦涩难懂，那么难免会让诗歌脱离其艺术本质而落入刻意造作的圈套。从这个意义上说，齐冬平的诗歌语言虽然显得比较传统，但没有晦涩难懂的毛病，不仅毫无矫揉扭捏、无病呻吟之态，而且生动、质朴、活泼，充满激情与生命力。比如，在《力量总是一种心情的绽放》一诗里，诗人这样写道："仰望着高炉 / 尽管它早已不歌唱 / 落日的余晖下 / 故事似拥挤着走来 / 抚摸着炉体 / 坐下来一起打开 / 尘封的故事集 / 年代火红地扑面而来 / 笑声不断歌声酣畅 // 我们是有故事的人 / 我们是产业工人 / 我们虔诚地劳作 / 我们是有梦想的灵魂。"读这样的诗歌，读者无须绞尽脑汁去揣测文字背后的意蕴，因为诗人以简练干净的文笔、形象生动的描写、活泼明朗的节奏，将所想表达的情感跃然纸上。诗作中"高炉""落日""笑声"等意象相互交织，将现实与回忆拼接成一幅妙趣横生的工业生产画。接着，诗人连续用了三个"我们是……"的句式，以排比手法增强了诗歌情感，使得这首诗充满掷地有声的审美力量。值得一提的是，齐冬平的语言风格还是丰富多姿的，诗人既能够将通俗手法运用得得心应手，又熟练掌握了各种诗歌的修辞手法，让其诗歌语言呈现出多样化的表达和富有弹性的张力。比如诗人在《嵊泗与海》一诗里这样说："海是广阔的／岛是孤独的／北纬30度／把这条线拉直／总有神迹。"在组诗《山路弯弯》中这样写道："攀西裂谷沟壑纵横　大西南／大山深处　浮云缭绕／初秋季节　果实还在生长／如同他15岁的年龄一样。"而在组诗《辰光之门》里又这样写道："ChatGPT风一样地来了／如黑胶时代那样别样五色／你我都带不走一帧辰光锦囊／不变的唯一的永恒的珍贵的／只有不耽误不懈怠的劳动。"读到这里，我们可以看出齐冬平早已把比喻、拟人、通感、夸张等修辞手法运用得炉火纯青，在各种修辞的变换交替下，其诗作时而深沉，时而活泼，时而安静，时而昂扬，其诗歌的情感基调随着表现形式不断变化，带给读者一个极为丰富的艺术世界。难能可贵的是，齐冬平从不刻意追求修辞，其诗歌语言的表达总是自然而然，真情流露，似乎能够让人摸着文字就可以感受到诗人跳动的心，似火的热情，或者哀愁的情绪。

　　总之，齐冬平的诗集《蓝色的钢铁》是当下工业题材创作的一个重要收获，从审美艺术的层面来看，这本诗集集中展示了诗人对于钢铁形象的艺术想象与审美书写，有效地传达了都市工业审美经验，塑造了齐冬平"颇为另类"的"钢铁诗人"形象。这是齐冬平诗歌创作的独特价值之所在。当然，客观而言，齐冬平在语言与技巧方面仍有提升空间，我本人对他的诗歌创作予以持续的关注与更高的期待。

　　　　　　2023年9月11日深夜至翌日凌晨3点，写于北京京师园

谭五昌，江西永新人。著名评论家。北京大学文学博士，北京师范大学文学院教授。现任北京师范大学中国当代新诗研究中心主任。兼任贵州民族大学、西南民族大学、南昌航空大学等多所高校的客座教授。已出版《20世纪中国新诗中的死亡想象》《诗意的放逐与重建——论第三代诗歌》《中国新诗排行榜》《面朝大海 春暖花开——海子诗歌精品》《在北师大课堂讲诗》（5卷本）等学术著作及诗歌类编著四十余种。2012年，主编10卷本的"中国新锐批评家文丛"（昆仑出版社出版）。自2011年起至今，发起并主持年度"中国新锐批评家高端论坛"。近十余年来，先后担任徐志摩诗歌奖、闻一多诗歌奖、海子诗歌奖、杨万里诗歌奖、昌耀诗歌奖等国内重要诗歌奖项的评委与负责人。曾应邀在北京大学、清华大学、鲁迅文学院、中国现代文学馆、广西师范大学、青海师范大学、贵州大学、西南民族大学、吉首大学、澳门大学等国内四五十所高校与研究机构做过中国当代诗歌、中国现当代文学与文化现象等专题学术演讲。

诗界的独立存在

——齐冬平诗集《蓝色的钢铁》序言

任宝亭

当清晨的闹钟将你唤醒，当你走进厨房开奏锅碗瓢勺曲，当你乘上交通工具，当你步入工作场所，这一切环节，都紧紧地与钢铁联系在一起，当下生活的每一步都离不开钢铁。钢铁是现代社会的基础，工业要发展，社会要前进，钢铁必先行！但是，你曾想过高炉里熊熊燃烧的火焰，你曾想过炉前那黧黑的脸庞，你曾想过轧钢机旁洒落的汗水吗？

有一位诗人，他将自己的文学生命与钢铁熔铸在一起，他的诗作因钢铁而生，与钢铁同在。他的这本诗集——《蓝色的钢铁》，就是一部钢铁史诗，是一曲从心底淌出的冶金赞歌，是一腔以冶金人为旋律的咏唱。

这位诗人就是在冶金战线工作了大半生，至今仍在冶金战线奋战的齐冬平先生。他一参加工作，就到了冶金企业，冶金工业战线就是他的第二故乡，就是他的家，这特殊的工业"乡愁"，无时无刻不萦绕在诗人的心头。

因此，他的关注点总是聚焦冶金工业的第一线。钢铁的烈焰，不仅映照着他的身躯，更是投射在他的心里。钢铁之诗，就这样从他心底汩汩流淌出来。

一

诗集《蓝色的钢铁》，共收入作者 138 篇诗作。纵贯数千年，横接天与地，上自元宇宙的孔雀石开创青铜器时代，到五千年前"铸"字在甲骨文中出现，一直到当代绿色低碳钢铁工业的追求和发展，无不成为他诗作的题材。从这个历史跨度上，我们可以说这部诗集是我国的一部钢铁史诗，时空之远邃，视野之宏阔，都是当代诗作中极为少见的。

我国的钢铁事业，历经多少朝代的起伏跌宕，有过兴盛的辉煌，也有过衰落的惨痛。远的不论，就说当代，在中华人民共和国成立时的 1949 年，我国的钢产量只有区区 15.8 万吨，非常落后，少得可怜。新中国成立后，在毛主席"钢铁元帅升帐"和"备战备荒为人民"大力加强"三线建设"的指示下，我国钢铁工业的布局有了巨大提升和改善，1975 年我国钢产量提高到 2000 多万吨，是新中国成立初期的 100 多倍。历史进入改革开放新阶段后，我国的钢铁工业迅速发展，一下跃居全球第一，到 2008 年达到 5 亿吨。进入新时代中国特色社会主义阶段，我国钢产量在一系列限产、优化政策的调节下，仍然发展到 2020 年以来的每年 10 亿多吨，占全世界产量的 60%，是排在第二位国家的 10 倍之多。如此波澜壮阔的钢铁洪流，世界第二大经济体的坚实支撑，无不震撼着每个国人的心灵，这是我们的自豪，这是我们的骄傲！

这一波澜壮阔的钢铁洪流，呼唤着文学来观照，渴望着诗歌来咏唱。诗歌是时代的号角，这应当是诗人笔下的应有之义。遗憾的是，当今诗歌的主体似乎与此颇为疏离，与这个时代，与这个令世界仰视的钢铁伟业，相距似乎异常遥远。

令人欣慰的是，诗界里有了齐冬平，有了这样一位钢铁诗人。几十年冶金炉火边摸爬滚打，脉搏与挥汗如雨的工人一起跳动；几十年的坚持和守望，埋头浇灌着荒芜的钢铁诗苑。

而这些年正是诗坛上盛行书斋自闭，自恋小我之时，一派卿卿我我，小情小调，琐屑无聊风气，茶杯里边弄风波，鞋壳篓里闹社火……面对如此环境，他却"咬定青山不放松""任尔东西南北风"，始终不为所动，我自岿然。他坚信自己的事业在钢铁，自己的魂魄在钢铁，唯钢铁是自己的家园，只有踏着这块土壤他才踏实，就像安泰，离开这块大地他就感到脚下没根。因此，他的诗植根于钢铁厚土，深沉而广博，坚挺而宏大。

仅摘取《钢铁洪流》这组诗的标题和部分诗句看看，你就会为之荡气回肠，心潮澎湃。

《序篇》："远古时分，五帝后人""奚仲吉光父子作车""华夏大地从此车轮滚滚"；

《中国高炉之梦》："张之洞的视野里""汉阳铁厂龟山下轰鸣"；

《孙中山建国方略》："目光聚焦钢铁""南有汉冶萍北有本溪湖"；

《毛泽东"心中一团火"》："钢铁救国的梦想燃红了古老的东方"；

《新中国之钢》："金色的秋天 毛泽东从武钢炉台走过""周

恩来在草原明珠包头钢铁剪彩"；

《改革开放之钢》："蓝色文明钢铁""引进 消化 吸收，再创新""领袖心中的钢铁之火一直燃着"；

《新时代之钢》："中国钢铁亮丽的中国名片 坚实的中国力量 上下五千年中华文明 大兴炉冶实现中华民族复兴"。

这是诗吗？是！它是浓缩的几千年中国钢铁的史诗！

《中冶力量》《西部　凝固的山口——献给钢厂建设者》《青春和梦想如钢花一样绽放》等篇章，从解放初期的重建鞍山钢铁厂、武钢金色炉台、包头钢铁明珠，到武钢一米七、上海宝山滩涂上的"宝钢第一桩"、湛江钢铁基地的"湛江蓝"，再到"一带一路"建设中的巴基斯坦的山达克、巴布亚新几内亚的瑞木……都在诗中得到了礼赞和记叙。这是诗人对新中国钢铁建设者的讴歌，也是对新中国钢铁发展的历史回望。

从这个意义上说，冬平的诗不仅是几千年中国钢铁的史诗，更是新中国钢铁工业发展的一幅画卷，是中国钢铁工业前行节奏的回响，是中国钢铁巨轮滚滚向前的轰鸣！

二

巨大的轰鸣，由无数旋律协奏而成。你仔细聆听，黄钟大吕里，更有一支支精致的乐曲，澎湃的洪流中，必然激荡着朵朵多彩的浪花。

诗人冬平笔下既有百炼成钢的宏大叙事，更有对劳作在钢铁战线的众生相的精细描绘，同时也对他们的生活作了诗意的深层思考。

据我不完全的统计，他写到的人物足有百人之多。有在第一线劳作的工人师傅，也有在技术岗位上淬炼成材的"技能大师"；有引领新科技的工程师，也有在实践中革新创新的能工巧匠；有率领千军万马的统帅，也有最基层细胞的班组长。

那首《"世界裂缝专家"王铁梦之上帝之吻》，作者独具慧眼，在这位修补裂缝的名家身上，撷取他奇迹般地来到人间那个情节，托出了"日后享誉世界的'裂缝专家'王铁梦"，原来他还在母腹中躁动时，就注定了这一生将与裂缝结缘。

《笑声飞扬 醉了山河》，这首诗的字里行间，竟然再现了七位一线产业工人的音容笑貌。他们的名字在嵌入的诗句里闪闪发光，给人留下了深刻记忆，每逢看到这里，我就直想见见这些可爱可敬的人，是以他们为代表的产业大军支撑着中国钢铁的庞大身躯，引领着世界钢铁的发展潮流。让我们关注这些名字及名字背后的故事吧，他们是卸船机操作手李伟伟，具有"好心人"称号的普通工人彭军，参与南极考察的工程项目经理陈忠，"火焰切割王"赵小龙，"焊接工匠"卢长春，综合轧运队队长陈标，生产一线的作业长董富刚……

还有女子顶起半边天，在新时代产业大军的队伍里，不乏女子的身影，犹如当代的花木兰，《好一朵美丽的茉莉花》《中冶宝钢的安全之灯 点亮 长明》等诗篇中，都描写到了钢铁大军里的女性。这也是作者的独特嗅觉，捕捉到了不易被人发现的另一个群体。

诗人冬平没有把目光聚焦在聚光灯下，红地毯上，鲜花簇拥的明星身上，而是一头扎到钢铁生产和施工的第一线，潜下心来，去发现、体察和歌咏这样的一个芸芸众生的队伍，这样一批满身油泥的个体。诗人看到了油泥里透出的亮光，触摸到了安全帽上的光环，感受到了他们的脉动与情感。这时，他心里有话要说，有不尽的话想一股脑儿发泄出来，不说出来，他就憋得慌，就郁郁不乐。正是在这种不吐不快的情态下，他的钢铁之诗油然而生，一篇又一篇，一发而不可收。

这在当下确实罕见，尤其是以诗歌艺术的形式来多角度观照，更是难能可贵。这样的诗，员工爱读，一线作业的工人爱读，普通老百姓也爱读，因为这些久违的诗句，说出的正是他们眼里所见、心里所想，但却又难以言表的心声！

三

长期的冶金战线工作和生活经历，使诗人冬平在石与火的撞击中积累了大量素材，听到了许多"一线语言""工地语言"，不断地鲜活着他的语境，在加持他写现代诗的同时，也助力他写了不少古体诗词歌赋，这多重诗性的体验，无疑丰富和滋养了他钢铁之诗的语言，使之既有文言文的凝练、简洁，又有现代诗和民间俗语的清新、活泼，从而形成了自己独特的语言系统，那是一种活泛的、生动的、带有陌生感的新鲜语言，那是一种质朴的、真切的、裹挟着金属音质的独特语言。

"暖暖冻僵的双手

捶打下防护罩下的伙伴

互相鼓励

只需一个眼神和笑容。"

　　这是在冰天雪地里的施工现场，工友们之间的情感交流。如此朴实无华的、近乎白话般的几行诗句，却能深深叩击人心，让人不得不品味再三。如果没有深入实地的体验，没有源于生活，高于生活的提炼，你就很难想象到这个无言的场面，就不可能抓住这个不经意的动人瞬间。

　　还有退休工人的代表——一位蓝领作业长，他平日里少言寡语，但内心深处却埋藏着"不思量，自难忘"的情感，你看作者是如何给予他诗性的表达的。

　　"作业长退休了，

　　每天早起抑或日落

　　站立河边凝视

　　高炉群的方向"

　　与钢铁相伴一生的退休工人，就是这样每天凝视，不由自主地，向前一步，向前一步。表面上平静如水，心底里却波涛汹涌，静水流深，不就是如此吗？这里还需要主人公说话吗？够了，足够了，此处无声胜有声！

　　钢铁是坚硬的、沉重的，但在诗人笔下，它又是柔软的、美丽的。

　　"高炉的体格厚重强壮

　　蓝天下

　　银色的身躯抟云向天

　　开怀拥抱蔚蓝。"

　　在这里，高炉幻化成了一个筋骨健壮而又多情的铁汉。

　　"远处　高炉群沸腾

将如练的白绸带

　　系上黑白相间的云朵"

　　高炉原来如此美艳如画，如此柔情似水。

　　这具有强烈辩识度的言说，兀自燃烧的话语，正是冬平语言系统的显著特征。

　　它属于这个沸腾的时代，它属于中国钢铁工业的伟大事业。不仅语言如此，立意、结构、意境、画面皆如此，这就是冬平钢铁之诗的个性，这就是冬平钢铁之诗的特殊面貌。在当今诗界，它是一个独立的存在。

　　《蓝色的钢铁》诗集问世，不仅是冬平个人诗词创作中的一件大事，也是中国诗词发展中一个特立独行、值得关注的现象！

　　这一认知，我想也是会得到业界多数人心许的！

　　　　　2024年春节假日，完稿于古赵都汲古斋南窗下

　　任宝亭，字茅山，号汲古斋主人，现为河北省民俗文化国学研究委员会顾问、河北省工艺美术研究中心名誉主任，河北省太极拳协会顾问，邯郸企业联合会专家委员会名誉主任，中国华冶书画协会主席，中国冶金作家协会会员、河北省作家协会会员、河北省书法家协会会员。曾举办"书法审美的公共语境""书法的形制""兰亭序三探""祭侄文稿为什么成为天下第二行书""寒食诗帖的艺术解读""读好三本书走好人生路""多读书、读好书、会读书"等讲座，出版有

散文集《谦师孺牛》《先锋颂》《蓝花布的思念》等。《蓝花布的思念》获河北省首届网络文学作品"五个一工程"优秀作品奖，其散文《紫荆花儿两地开》《双泉涌　蓝花布》入选《中国当代散文大观》一书。

书名题字及篇章页篆刻作者：程建强

程建强

1970 年生，山西晋城人。字达之，号镂石盦，别署老强、汉工、砖瓦客。现为中国书法家协会会员、中国冶金书协副主席、海上印社社员、上海书画院签约画师、宝灵印社社员、晋阳印社社员、上海市宝山书法家协会副主席。

篆刻作品先后获"中国书协培训中心成立六周年回顾展"优秀奖、"21 世纪首届书画篆刻家联展览"铜奖、首届"杏花村汾酒集团杯全国电视书法大赛"入选奖、"2004 全国'五一'文化奖"入选奖、"全国优秀青年书家 200 佳"等。

篆刻作品先后入展首届"中国书法兰亭奖"，全国第三届、第四届篆刻艺术展，第一届、第二届国际篆刻展，第三届中国书坛新人作品展、第六届全国书法展、邓小平百年诞辰全国大型书法篆刻展；西泠印社第三届、第五届篆刻评展、西泠印社首届国际书法篆刻大展、西泠印社首届中国印大展；《书法报》青年篆刻百家批评、际会兰亭·全国第四届书法篆刻提名展等。

目录

CONTENTS

百花欣向荣

出新

彩色钢铁

（长诗）

朋友　看见前方的高炉了吗

大江南北　更远的地方

一座座银灰色抑或黑黢的炉体

正抟云放歌　不舍昼夜地歌唱

一炉炉红彤彤的铁水啊

鱼雷车一列列运送

抑或无人驾驶地　运往炼钢车间

热轧　冷轧　锤打锻造　百炼成钢

朋友　置身百花怒放的工厂吧

十里钢厂　好一派绿色低碳风光

红白相间　蓝白相间

一个个参天的烟囱空中相守

银灰色的管道穿越南北东西

阳光下　树木花海掩映中

鸟鸣阵阵　动物园内鹿鸣呦呦

高炉是钢铁工厂的标志

高炉进化由小到大　抟云向天

两千多年前　曹操"起高炉铸兵器"

涡河北岸　"高炉镇"举世闻名

"东临碣石，以观沧海"

那是一个秋天　座座高炉抟云高歌

从此中国高炉的出生证

总与九月湛蓝的天空相拥

高炉炼铁　"炉神姑"当数李娥

可在淄博铁山主峰上俯视

金岭铁矿可觅传说

商山不在高　有富铁矿铸造

炉姑庙犹在　每年三月三

九月九　后人祭拜

湛卢山上炉冶处　剑祖欧冶子

和他铸造的神剑仍流传

冶父山不在高

因欧冶子铸剑而灵

"龙泉"淬火处　龙池映月

已越千年

进入元宇宙吧　部落林立

人居江河之北　山峦之南

男人们集合　一起外出狩猎

带好自己女人准备的乾粮

望一眼还在玩耍的孩子

游戏是最古老最生动的语言

孩子被一块绿色的石子吸引

母亲说　好漂亮啊　像孔雀的羽毛

捂在手里凉凉的　不小心掉到火里

孔雀石慢慢地　慢慢地熔化

……

首山铜扑面而来　一个响亮的牌子

黄帝命人开采孔雀石　冶炼

荆山上铸鼎　奏响中华文明的序曲

神奇的北纬 30°　人头攒动

这是公元前 21 世纪　铜绿山上采矿

大兴炉冶　夏朝的风雨涂抹中清晰

荆山下　禹铸九鼎　九州既定

辰光之上　黑发人眺望首山　昆吾

青铜时代　刀剑随着故事飞翔千年

"三星堆"　划破古梁州沉睡寂寥的天空

哪一次天降雨金　陨铁落入人间

催生了古梁州最原始的冶铁术

柔铁（块炼铁）

刚铁（白口生铁）

闪亮登场　千年之后　冶铁大兴

春秋战国　民间冶铁作坊已遍布城池

铁匠炉金不换　"锤头生碧玉，炉内

炼黄金"　师傅带徒　叮当几千年

火炉　风箱　铁砧　大小锤　上等焦炭

小锤指点　大锤起落　铁花四溅……

道规不越　刀　剑　斧　兵器不做

只锻造农具　锄　镐　耙　犁　镰　助力

农耕发展世世代代　中国的生铁冶铸

技术流传　管仲说"官山海"　"美金以铸

剑戟　试诸狗马；恶金以铸锄斤　试诸壤土"

东方冶铁术鳌头独占　始于轩辕黄帝

铸造　生生不息　世代便与勤奋相连

看一眼涡河北岸的高炉镇吧

三国时代命名　源于曹操　越两千年

屯兵数十万　涡河北岸　高炉群林立

冶铁锻造兵器　剑指中原

冶铁是需要高温的　吹氧进行时

人力拉动鼓风机啊　路途漫漫

马力拉更强些　战争需要马匹和兵丁

又是创新之举　韩暨的"水排"术诞生

还人与马于军事和农业　水能鼓风机

不舍昼夜　冶炼的速度翻倍　捷报不断

千锤百炼　屯田策　魏赢得先机……

曹孟德的那五把"百辟刀"今安在？

"炽火炎炉，熔铁挺英。乌获奋椎，

欧冶是营。"　打开《宝刀赋》吧

曹植的赋文中仍烈火熊熊　叮当声未停

夏朝以来便铸造生铁了　战国制钢

在块炼铁中渗碳　古荥镇两座高炉

的余温尚存　铁匠铺的千秋万代

叮叮当当　一直在街面铺子里锤打

红彤彤的炉火永不熄灭　炒钢是

一道飞跃的亮丽弧线　熔融生铁

搅拌脱碳　获取钢材　折叠再锻打

千锤百炼　创新一直是中国钢的灵魂

元宇宙里　红铜　青铜　铁器时代演进

伴着千年风霜雪雨　总有智慧的匠人

挥汗如雨地冶炼　锻造　淬火　锤打

一个个足迹　掩映在深山　湖泊的深处

一件件传世神剑　刺破人类历史的黎明

"美金"便是青铜　"恶金"就是铁矿石

青铜铸鼎　帝王之尊　九鼎至上

青铜铸剑　王族身份　开疆辟土

刀剑也是防身利器　屠宰牲畜

铁器铸锄头　斧头　农耕砍柴

"美金""恶金"便生生世世相伴转换

越五千年　"铸"便在甲骨文中出现

匠人双手持倒置的器皿　熔化的液态

金属倒入下面双手持的模具里

铸造是神秘东方黑发人卓越的贡献

铸　行走上下五千年　活脱的

铸　穿越青铜　铁器时代　鲜明的

文明的影子闪现在最古老的器皿里

火一样的鲜艳　光一样的夺目

黄帝站在泰山之巅　笑傲东方

中华文明的始祖啊　九州既定

转动神秘的流水山峦　神州赤县

从元宇宙里出来　还恋着那块孔雀石

孩子得到绿石子的喜悦　失去的忧伤

叠加在我的胸口心头　我们是同频的

一个意外失手　开启一个伟大的时代

伟大的青铜时代　黄帝铸造神州的时代

彩色钢铁沿着人类历史长河一路走来

从陶罐冶铜到竖炉冶铁　再到高炉镇

神州大地上　铁器运用　推动经济发展

汉代的中华木帆船榫接铁钉　技术领先

六百年前　锹钉　铁锔　铲钉　蚂蟥钉　各种

船钉拼合、挂锔上卡加固　打造“宝船”

郑和的船　尺度　吨位　性能　世界领先

……

晴川阁下游的码头沸腾了　长江南岸

高炉群抟云放歌　现代钢铁企业

汉阳铁厂　开启中华大地的工业时代

孙中山的"建国方略"　聚焦钢铁

毛泽东五年间两次走进大冶钢铁厂

邓小平说　实践证明建设宝钢是正确的

习近平三年内两次来到太钢　从"高端

碳纤维"到"手撕钢"　赞誉工艺好

"像锡纸一样薄，百炼钢做成了绕指柔"

似幅幅中国画　雅致的山河的东方的

彩色钢铁贯通神州赤县　从古至今

那块孔雀石　拉开华夏冶炼锻造的帷幕

江河之上　铸造彩色钢铁的是能工巧匠

是担起中华民族伟大复兴重任的人民

"站起来""富起来""强起来"的时代

一线钢铁产业工人们世代　向山而行

他们是鹰　他们是新时代的钢铁卫士

运营服务　护卫着"工业面包"的诞生

一块模具　古老的神圣的永恒的

荆山上　黄帝率众点燃了东方世界

文明的种子在冶炼锻造中洒落南北西东

"中华文明"在黄河　长江崛起

上善的　崇德的　智慧的　勤劳的

模具鲜艳如初　"中华文明"金光闪烁

与日月星辰辉映　屹立在东方大地

又见钢厂　静听鸟语　细嗅花香

青春之心醉了　高炉群抟云歌唱

钢铁洪流

（组诗）

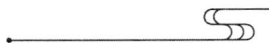

序篇

远古时分　五帝后人

番禺奚仲父子作舟

河流与海没有了距离

奚仲吉光父子作车

轮、轴、舆、辕齐备

华夏大地从此车轮滚滚

黑发人山海的视线里

"海内""天涯"都是故园

中国高炉之梦

大兴炉冶。长江南岸

钢铁梦开始的地方

汉阳铁厂　龟山下轰鸣

十九世纪 90 年代很热闹

文森特·梵高走了

火红的向日葵散落。

长江南岸　火红的

一八九三　中国的高炉

抟云放歌

茫茫九派。之上

张之洞的视野里

工程师、技师大有作为

引进设备　改造设备　为我所用

工匠要扫盲　不能是个白丁

长江南岸炼钢厂、铸铁厂

工厂十座，高炉联袂高歌

中国的工程师、技师们

扛起亚洲首创、最大的钢铁企业

产品远销海外

晴川阁下游的码头

承载过百年前钢铁厂的风光

如今某一段铁轨上

汉阳铁厂的数字编号仍很清晰

孙中山建国方略

一九一一年春，十八岁的毛泽东

把自己描绘的未来中国蓝图

孙中山——新中国总统挂在墙上

"孙大炮"是西方不信任的称谓

"草药郎中"则来自中国坊间

而"现代中国之父"源于历史

孙中山的建国方略　目光聚焦钢铁

南有汉冶萍　北有本溪湖

建国方略图　是预言吗　方今是

钢铁世界。孙中山心胸开阔

建国方略中铁路、公路、三峡大坝

海港的梦想　束之高阁　走远

只有历史选择的中国共产党人

一代代坚定地走在中国道路上

中国特色社会主义道路啊

铁路进藏　公路成网

高峡出平湖　港口南北立

孙中山方略中独立、民主、富强的

中国　巍然屹立在世界东方

毛泽东"心中一团火"

"三皇五帝""十八罗汉"中国钢铁梦

打开了毛泽东的胸怀

朗朗的笑声　钢铁史中封存

六十岁那年的早春

"骑着毛驴也要去！"目的地

　大冶钢铁厂　毛泽东说

"重工业。不能忘记张之洞。"

毛泽东"心中一团火"钢铁救国

的梦想　燃红了古老的东方

五年间两次走进大冶钢铁厂

从南到北　每一道工艺每一个车间

毛泽东演绎着"大三线"战略

剑指渡口的钢铁建设　毛泽东

念念不忘"攀枝花建不成，我睡不着觉"

"我要骑着毛驴去那里开会"大兴炉冶。

毛泽东心中的钢铁之火燎原

"可上九天揽月，

可下五洋捉鳖。"

新中国之钢

"站起来"。大国重器　钢铁

从孙中山到毛泽东

大兴炉冶思想一直在延续

冶铁制钢　民族独立的脚步

在几代钢铁建设者的拓荒中完成

地做床，天为篷。一个火红的年代

举全国之力驰援鞍钢重建

金色的秋天　毛泽东从武钢炉台走过

周恩来在草原明珠包头钢铁剪彩

"钢铁三皇"大于天。毛泽东说

要造自己的拖拉机、汽车、坦克和飞机

"孟泰精神"在"三大工程"中百炼成钢

也给钢铁建设者涂上闪耀的光芒

艰苦奋斗　爱厂如家　无私奉献　为国分忧

从共和国钢都出发　下一站　远方

"三块石头架口锅，帐篷搭在山窝窝"

钢铁建设者　铁的记忆　永久地

封存在渡口二号信箱里

"守炉餐、伴炉眠"科研人员的梦　蓝色的

"三皇五帝十八罗汉"新中国钢铁的

四海为家的建设者　托起中国钢铁的太阳

改革开放之钢

"富起来"。蓝色文明　钢铁

邓小平说建设宝钢是正确的

　引进　消化　吸收，再创新

宝山。寻山不见山　国家钢

总要依山而居　向山而行

这座高山化为"金色的炉台"悠扬旋律

就是《我和我的祖国》

12月23日。十一届三中全会闭幕

宝钢第一桩。关登甲在月浦滩涂上打下

上海宝山钢铁总厂动工兴建

也是举全国之力　驰援宝钢建设

"钢铁上不去，要搞大工业是不行的"

从毛泽东到邓小平

领袖心中的钢铁之火一直燃着

十万钢铁建设者　把青春符号铭记

宝钢三十年。现代化钢铁梦想的展现

新时代之钢

"强起来"。蓝色畅想　钢铁

鲲鹏展翅九万　"一带一路"　金色愿望

习近平从太钢、马钢的钢铁大道走过

深情凝望世界上最薄的"手撕钢"

一马当先。　第一个车轮轮毂厂

第一套高速线材轧机　第一条大 H 型钢生产线

燃着领袖心中的钢铁之火

习近平寄语中国钢铁不断创新　勇攀高峰

冶金建设国家队列队　向世界级目标进发

2012 年出发。湛江钢铁　民族梦想绽放

三年一举建成世界级千万吨低碳板材基地

海之临　越南河静钢并不遥远……

为了未来、为了世界的冶金建设国家队

红色基因　蓝色畅想　金色愿望凝聚

不耽误、不懈怠的青春舞曲中

钢铁建设、运营服务国家队向山而行

中国钢铁梦的理想强大

又是 12 月 23 日　世界钢铁"亿吨"俱乐部里

"金色的炉台"乐曲奏响　轰鸣

刺破"疫情"弥散的天际

从龟山脚下的汉阳铁厂出发

一百三十年的钢铁情怀　中华民族的

夏之初　东方黑发人作舟、作车

创新之路一直在天地之间延伸

新征程上　钢铁洪流畅想

民族的　世界的　未来的　绿色的

在湛蓝的天际和蔚蓝的海平面之间

一曲"金色的炉台"鸣奏

中国钢铁　亮丽的中国名片

坚实的中国力量

上下五千年　中华文明

大兴炉冶　实现中华民族复兴

最硬的

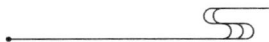

高炉的出生证

火红的　镶嵌在

天空湛蓝的九月

"三皇五帝"笑看

还有大江南北的

钢铁"十八罗汉"

注："三皇五帝""十八罗汉"指二十世纪五十年

　　代新中国的钢铁规划。

钢铁的生命

像高炉那样呼吸

作业长老了

站立在作业区

属于他的指挥中心

一抹朝阳涂在脸面上

坚毅在眼神里跳跃

戴着口罩　嗓门依然洪亮

作业区的每个岗位

洪亮的指令快速抵达

23

尽管指令声有点沙哑

金属的味道扑鼻

作业长的儿子长大了

笑呵呵地

还依偎在妈妈的身旁

考上大学了

笑容和歌声满屋

作业长醉呵呵地

"老子不合格啊！

没管过你一次作业"

"你爸这辈子属高炉的"

作业长凝视着妻子

泪眼渐渐迷离

压低了洪亮的嗓门

"有多少作业可以重来！"

作业长退休了

每天早起抑或日落

站立河边凝视

高炉群的方向

向前一步

向前一步

心不由自主地沸腾

钢铁的舞步

抟天相约　怒放

豪迈之上

弧度悄然心动

弧线之上

一览产业工人们

几度风雨

坚实的步履

悠扬的歌声

钢铁的生命

朝霞抑或晚霞

从厂区里望去

高炉群沸腾着辉映

幅幅水墨画在头脑里升腾

浓墨艳丽色彩

挂满家庭、市井

却比不过飞溅的钢花

还有风华正茂

青春亮丽的笑容

坐在厂区里的办公室

"噔噔"鸣叫声不绝于耳

铁道口等待

红色信号灯闪烁

"噔噔"就是"等等！"

目送着鱼雷车缓慢地驶过

车里盛满 1500 摄氏度的铁水

钢厂的生命

掩映在工厂的花香中

高炉是铁矿粉、焦炭、石灰石

野性的合唱　吹是高炉进行时

让"野性"合唱队升温、沸腾

让炉内的物质发生化学反应

火红的年代卷走时代风云

钢铁的生命锻造后　铸就

新时代的钢铁长城

钢厂是有生命的　厂区每寸土地

高炉群是我窗口的第一块拼图

终日里抟云放歌　定时会有

一炉好铁诞生　走过铁道口

不远处

无人操作的鱼雷车正徐徐驶来

江雾散去　天空放晴

风吹拂过高炉群　歌声如抟鹏

日修、定修、年修、抢修的

中冶宝钢的产业工人们

笑容灿烂地

和朝霞抑或晚霞相约

模具也能总动员

人工智能形成一阵流行雨

未来似乎已钻进被窝与人同眠

古人先贤们围坐在火炉前

依旧平平仄仄

依旧气宇轩昂

从被窝里爬出　开窗望天

鲁班的"木鹊"天边飞过

墨子"巧""拙"还在论辩

雨落下了

鲁班撑起夫人做的伞子

生产车间在忙碌着

台台机床运转

件件工业化的模具

在卡尺确认后诞生

师傅们用心铸造 目不转睛

赤裸的金属作品——列装

中冶铸模 重任在肩

从这里走向

外太空探秘

高铁车厢骨架铸造

C919 翱翔祖国蓝天

给这些赤裸的模具

披上红绸带吧

忍不住贴近 抚摸观瞻

红色从铮亮的光影中掠过

似出水芙蓉

待嫁少女般羞了颜面

我们相约鲁班

班门弄斧 笑看千年

我们是泰山

公输盘在上 有眼不识泰山

雨还在下着 只是不见了先贤

车间矗立六十年了

奋斗的旗帜迎风飘扬

车间外　高大的树木参天

回望列装的模具

总动员前的状态震撼

"铸园"的笑声响起

鸟群阵阵　鸟语不断

面包香极了

烤箱里面　面包熟了

香味儿挤出缝隙

慢悠悠地在厅里扩散

若梦中　鼻子动了

若鱼儿　嘴也动了

我从面包香中醒来

窗口的缝隙中

喜鹊的眼神也在晃动

轰隆隆之后

色彩流逝在弧线之上

钢铁的香味儿飘来

沸腾的高炉群

沸腾的别样心情

一小时呼出抢修

产业工人们集结

作业区快速响应

一刻间快速作业

又是天高云淡

又是好一炉铁水

"工业面包"等待着

淬炼　熔铸

春·彩色钢铁

视线里　树绿了花开了

日出早了　日落迟了

鸟儿痴迷地唤醒城的晨

苏州河水在流淌中散发出暖意

晨起不用开灯了　望着窗外

思绪时而流动着去年的今日

轻轻地摇摇头　自己无声地笑了

这是苦恼人的笑　憨厚地自然地

把辰光凝在晨的色彩里或阴雨中

一步步前行　便是向山而行

思绪时而浸在彩色钢铁的元宇宙里

那个孩子的欢喜到哀怨的眼神

在我的眸子里叠印着　无奈中撞击

孩子的眸子和他的绿石子　风一般拉长

喜鹊从窗口飞过　拉满风的气息

那天的温度也是今天这样

石子在火中燃烧着　熔化……

开启黄帝时代"美金"冶炼的大幕

望着窗外　十里钢城尽收眼底

东风浩荡　高炉群抟云放歌

高架路上　彩色重卡和着风声奔驰

弧线跳跃着　音符般高傲地鸣奏

没有任何理由　也没有任何名字

便是自然的鸣奏　唤醒青春的心房

唤醒钢铁工人们向山而行的方向

便让我骄傲地宣告吧　我是代言者

钢铁工人们的代言人　一个时代记录者

彩色钢铁集合着时代旋律

从黄帝在荆山铸鼎的那个季节

模具便鲜明地向世人招摇

彩色钢铁跨越长江　黄河

黑发人　那个孩子和绿石子的故事

五千年了　仍然那样鲜活　那样迷人

铸和冶便深深地刻进基因里

东风浩荡中传递　向山而行

楼兰城已老　神州钢铁正青春

"海陆空"钢铁工人鹰一般坚守奋战

海岛汉子们身披马迹山港日出的霞光

大江南北　千条生产线上万名钢铁卫士

年修　定修　抢修的旋律犹酣　挥汗如雨

油渍满身的汉子们　笑傲飘扬的旗帜

行车在车间的空中有序忙碌　女工们

"花木兰"一样坚定果敢　目光笃定

工歇时笑容灿烂　捻动彩色钢厂童话般

浓浓的绿意　阵阵鸟语和满园芳香

梅花开满山坡　早樱也已绽放

元宇宙里　铁流奔放　钢花飞溅　弧光闪烁

勤劳智慧的东方黑发人倾力铸造

中华民族复兴的大鼎　彩色正浓

夏·彩色钢铁

活跃的夏季悄然间来了

让传统的梅雨季失了颜色

专家说　厄尔尼诺已经形成

地球或许正在走向未知

极端气候跳跃着　忽冷忽热

真的可以手拿着一个"微观"地球

数落着村里村外的人间故事

没有什么可以阻挡　辰光在流逝

大江南北　高炉群还在抟云高歌

沸腾的山河　或高昂向上或欢腾东逝

还有向山而行的"男子汉""花木兰"们

欢声笑语阵阵　作业区沸腾了

员工们四面八方而来　身披着

七彩朝霞　旗帜下列队

新的一天与彩色钢铁相拥

钢铁是彩色的　火红的年代里

百炼成才　"铸"便是中国钢铁文化的灵魂

花园般的工厂里　"铸"的

声和着鸟鸣　从铁前到炼钢

从冷轧　热轧到船板中心　作业区的

窗口映射出湛蓝的夏日天空

从手清到"火切王"

从"渣处理"到行车工

标准化的翩翩"舞步"

指令干脆　慧眼如鹰

台风季来了　云层齐整地

码放在长江口　晨风里一丝清凉

作业长的心啊如沐春风　员工的

模样　活灵活现地在脑海里闪过

哪个该表扬鼓励　哪个还要

再敲打锤炼　哪个今天不在状态

哪个刚又取得专业证　不论哪一个

员工　都是我的兵我的弟兄

沟通交流是法宝

作业质量佳是最牛的兵

癸卯年仲夏　在十里钢城走过

咀嚼着　每个作业区　每个

作业长的同与不同　作业区

员工的家园　文化气息升腾

"我们有想法"　责任上肩

态度落地　一天也不耽误

一天也不懈怠　抗台防汛和

年修来啦　任热浪滚滚

冶金运营服务　因中冶宝钢而不同

和作业长面对面　用心倾听

心的故事　风吹日晒的黝黑脸庞

不时爆出爽朗的笑声　时而思考

时而快人快语　节奏里盛满成熟

七月流火　这是一个看似平静的

画面　作业长是冶金运营服务的

"前线最高指挥官""十八般武艺"

齐上阵　检修个个熟悉的"老伙计"

孤独地与日月星交流着

"机器顺行　员工平安"

在十里钢城走过　作业区　来了

便不想离开　"最美办公室""最温馨

休息室"里可有歌声　咱们工人有力量

吊车轻轻地一抓就起来　这里是

劳动者的家园　年复一年日复一日

与朝霞同步　一部电瓶车从浏河的

村庄驶出　晨风扑面　穿越仲夏的

千种绿色　还有河流　风雨无阻

头顶着东升的红日　在作业区集合

作业区是沸腾的　员工中午吃上

热乎的饭菜　院子里　树荫下

交流技艺　喝口热茶拉呱儿　有人

"忽悠"　有人"吹牛"　笑声里还有

酣畅的呼声　这里是员工的家园

梦想起飞的地方　师徒带教

年轻员工不耻下问地问着　摇头

师傅乐呵呵地讲着　"孺子不可

教也？！"　笑声也沸腾了　驱走

作业带来的疲劳和困惑

作业长便是每个作业区的"灵魂"

当家方知持家难　"螺蛳壳里做道场"

"办法总比困难多"　沟通交流

"少花一分钱比挣一分钱容易"

严格成本控制　"没有安全便

没有一切"　操心每个弟兄的平安

"高高兴兴上班，平平安安回家"

每日唠叨不停　作业长的同与不同

虚怀若谷　大爱无疆　考核与不考核

一个样　免检是最佳作业长的通行证

秋·彩色钢铁

炉顶工的感觉好多了

风吹来　空气中丝丝凉意

放下五米长的铲子　炉口正常

宽阔的焦炉炉顶上　相守月光

生产协力工人们牵着日月星

护送一炉炉焦炭　奔往高炉

"突发料"发生　工人们八方而至

挥动煤锹　一路清扫　作业长笑了

台风的预告一幕幕上演　秋来了

高温逢着年修　铁拳舞动钢臂

烧结环冷技改工地上灯火通明

料仓漏斗焊接　临危受命

海田率强将出征　挑战不可能

作业长坐镇　满满的活力与激情

蓝色的弧光燃了辰光的节奏

时辰嘀嗒　汗水流淌　焊花飞翔天宇

燃了暗夜　与皎洁的白月光呼应

钢铁洪流铿锵有力　笑迎旭日东升

那天星汉灿烂　白月光满窗

钢铁工人们汗流浃背地作业

一刻也不耽误　一刻也不懈怠

彩色钢铁家园　因中冶宝钢而不同

元宇宙里　秋先生

从远古走来　说起黄帝荆山铸鼎

便是中国钢铁"铸"文化的源头

仰望星汉吧　不仅寻天鹰座和天琴座

还有钢铁洪流　还有冶父山上铸剑

秋是丰满的　五色的　天赋的

秋是一首首嘹亮且激昂的歌

和着高炉群抟云放歌　还有鸟语花香

花园钢厂里　秋风中走进作业区

听　作业长们讲各自管理的故事

看　作业区"三室"文化的同与不同

闻　风尘仆仆归来者的汗渍和油渍

摸　洁净的休息室桌面　还有"金牛"

尝　一线基层钢铁工人们热的午餐

与作业长拉呱儿　面对面换位思考

"有多少作业可以重来"　时时破防

理解了"胡司令"终日里开车送饭

"四合院"里伦忠谈与炼铁厂的情谊

…………

苦口婆心　喋喋不休地教育和嘱咐

时时刻刻　每一天　值得尊敬的"家长"

作业长壮实的身板背影　有一种力量

额头的皱纹里布满了钢铁大地的风霜

作业长是优秀的思想政治工作"大师"

一切为了团队　时刻沟通交流是法宝

总有一种力量　秋风拂过面颊

就是向山而行的力量　精气神饱满

骨子里的忠诚　爱岗敬业和干净担当

劳动精神饱满　一切为了中冶宝钢

总有一束光　刺破暗夜　亮了胸膛

再把胸膛打开　甩开膀子加油干吧

办法总比困难多　咱们工人有力量

年修　定修　检修　呼出抢修　日修

中国钢"铸"文化一体两面的荣光

"班组文化"是根基　健康好细胞

蓝色畅想 "工匠文化"牵手白月光

"执行力文化"呼唤"精气神"和作风

没有安全便没有一切 剑指"安全文化"

"十年磨一剑" 把胸膛打开 出征

秋风起 鼓干劲 迎向高高飘扬的旗帜

我们是五矿的 我们是中冶的

我们更是中冶宝钢的 受人尊敬的

"国内第一、国际一流"冶金运营服务商

冬·彩色钢铁

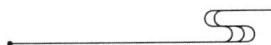

梧桐树上最大的叶子落了

叶子飘落在人行道上　色彩

在眼海深处翻滚　秋在离去

专家说　厄尔尼诺现象将持续

持续到明年4月　甲辰龙年

暖冬吗　晚秋攀缘在过山车上

早晚凉爽　中午的温度刷新纪录

"年三季"似在悄悄地来临

只有窗外风的吼叫宣示着

癸卯年的冬在临近　雨后更近

视线里　宝钢在灰蒙蒙中清晰

高炉群抟云放歌　一条彩带醒目

连起长江　彩色钢铁走向世界

层林尽染的树木笑了　还有

晚秋与初冬交融的风也笑了

无缝钢管厂内　钢铁般的汉子们

搬运最后一块预制钢结构更换到位

淬火炉 15 小时定修圆满收工

立冬日 20 点，淬火炉第一根料管出炉

汗流浃背吗　油渍满身吗

脸上都是　却难掩喜悦的笑容

分不清是汗水泪水了　还有

浓浓的金属味道　而笑容

是那么地自信　那么地淡定从容

年由廿四个节气似骨架般串起

那便是一条神秘的东方巨龙

龙马精神镶嵌进"龙的传人"DNA了

"铸"是中国钢铁文化的核心要义

"修"是冶金运营服务商的"匠心"

向山而行的钢铁汉子和"花木兰"们

生命里没有季节，只有日复一日

每日和太阳赛跑　晨起奔向高炉的方向

年修季　把阳光留给父母爱人孩子

鏖战在辰光里　偶尔牵手"白月光"

那一刻　也是汗水和泪水相拥

向山而行　需要干净的清澈的心灵

向山而行　需要过硬的超人的本领

向山而行　需要铁打的高贵的意志

我们是中国钢铁文化的捍卫者践行者

我们是冶金运营服务国家队的队员

激情满怀　匠心独运　精益求精

东海岛似一只栩栩如生的蝴蝶

这里有冶金运营服务商活的"灵魂"

"湛江蓝·中冶梦"起飞的地方

冶金建设运营服务国家队集合

三座 5050 立方米高炉拔地而起

东山墟因工业拉动热闹非凡

辰光易逝　沧海桑田似在一夜之间

诗言志　曾写下《中冶湛钢礼赞》

难忘雷州那片红土地　海天一色

两万名中冶壮士　历时三年战犹酣

怀着中国钢铁文化"铸"之梦想

一举建设并运营世界级低碳钢厂

骄傲吗　三元塔上凭栏指

自豪吧　东海岛内话轩辕

君不见中冶战旗猎猎

中冶人　鳌头独占笑蔚蓝

冶金运营服务　因中冶宝钢而不同

那年十月　台风"彩虹"直袭东海岛

史上最强的台风　对话钢铁工人们

码头四台卸船机倒在海水里

陈标说　坐在"笼子里"水下切割

连续作战四天三夜　指挥若定

创造"中冶宝钢速度"　徐乐江笑了

一体两面　中冶、宝钢一家人一家亲

"快速反应　精兵强将　为业主着想

辛勤付出"　便是"彩虹"抗台精神

东海岛内　湛江钢铁高炉群抟云歌唱

看今朝　更是 72 小时的连夜奋战

主码头 36U4 连续式卸船机年修完成

向山而行的一线钢铁工人们坚守岗位

检修、生产作业区内一派繁忙景象

日复一日　年复一年　背起季节作业

十里钢城内　繁忙的还有工业皮带输送

铁矿石、煤、焦炭皮带上旅行　浩浩荡荡

739.5 千米输送带　似江河东逝般奔腾不息

"修"是冶金运营服务商的"匠心"

中冶宝钢皮带硫化品牌　更是匠心独运

杨国强坚定、自信溢于言表

国强和他的皮带硫化故事很多

桃李满天下　杨国强成为

备受业内和东家尊敬的"大家"

癸卯年的晚秋还在初冬中游荡

一场秋雨一场寒　记得添衣

钢铁般的汉子和"花木兰"们

在各个作业区坚守　大江南北

还有"一带一路"沿线钢厂

冬天一步步走来　背起这个季节吧

风雨中同行　做最好的不同

梧桐树上那片最大的叶子落了

叶子上仍跳跃着绿的色彩

眼海里闪过的依旧是彩色钢铁

视线里　十里钢城的钢铁洪流正浓

彩色钢铁的
春夏秋冬

春风里　火红的年代战犹酣

除夕年年　汉子们坚守一线

油渍涂抹在古铜色的脸庞

笑声沙哑　如鹰般专注

"纵目"越万年　彩色钢铁之恋

钢铁工人们咀嚼着甲骨文

"安"字，母亲妻儿居家

"危"是人在山崖上呐喊

"险"，众人困在山间

古人的智慧"铸"就文明

燃了汉子们向山而行的激情

辰光里，夏和秋在颠簸中缠绵

天气预报先生终日里忙碌

温度在疯狂过山车上"失眠"

疯狂的还有日日夜夜

惟有产业工人们"纵目"似鹰

生产安全　成本质量

技能人才　思想教育

火红的年代　作业区风景独好

冬日恋歌一曲　龙飞笑了

相约与作业区谈个恋爱

成就有志青年的事业梦想

彩色钢铁炼就一炉"好钢"

比学赶帮吧　青年汉子们

做便做那块共和国最好的钢

除夕夜到了　坚守依旧

甲辰龙年的第一轮朝霞

映红了钢铁工人们的脸庞

青春的　刚毅的　自信的

他们是托起共和国

钢铁工业太阳的人，大写的

如果高炉也歌唱

蓝天下　高炉沸腾

卷卷钢铁"工业面包"出笼

片片"工业面包"校准

社会经济的热度

67 年前　长江边上

领袖深情的回眸

点燃了东方火红的年代

钢铁的生命体

穿越百年风霜

1893 年　汉阳铁厂

现代高炉的歌唱

第一声　回响在荆楚大地

民族的钢铁洪流进行曲

百年之上　1996 年钢产量破亿

"站起来"的时刻

"三皇""五帝"笑看寰宇

"富起来"的时分

火红的力量　东海之滨汇聚

"强起来"的号角 "一带一路"沿线

中国力量就是钢铁的力量

倾力构筑人类命运共同体

日出东方　蓝天下

钢铁的生命和着蔚蓝色海洋

一起脉动　生生不息

沸腾

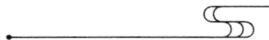

沸腾的高炉群挤进视线

炉口高昂　白色的烟雾拎结

合着重卡划过的弧线

浓重的噪声如音符一样

挂在天幕上

沸腾是高炉和高炉群的歌唱

高炉有喉有身有腰有腹有缸

钢铁般的汉子一样　巍然站立

够品位的铁矿石破碎、磨粉、烧结

在高炉的体内与焦炭、石灰石相逢

热空气一千三百摄氏度　底吹或顶吹
沸腾的节奏在冶炼的脉动中欢歌

高炉的体格厚重强壮　蓝天下
银色的身躯抟云向天　开怀拥抱蔚蓝
抚摸一下古荥镇两座并列的高炉炉基
汉代的风吹过心头　炉体的余温尚存

沸腾穿越千年　穿越高炉的源头
在新时代世界钢铁的中心　沸腾

新时代 钢铁家园

站在高山之巅　新时代

俯瞰壮阔美丽的钢铁家园

"湛江蓝·中冶梦"旌旗猎猎

银灰色的炉体拔地而起

高炉群如鲲鹏般笑傲蓝天

这是我们自主建造的大高炉

为了这一天　只为这一天

党的百年华诞日在召唤

百花绽放春意盎然

向山而行的建设者、运营者啊

不耽误　不懈怠　挥汗如雨

为共和国的钢铁而生　　勠力鏖战

好一派绿色 低碳 智能的风光

新征程上的春光洒满钢铁家园

在新发展理念的旗帜下 春雷滚滚

"黑灯工厂"正浓妆登场

超亿吨钢铁俱乐部里 一曲

"金色的炉台"旋律悠扬向上

世界钢铁中心的铭牌

世人瞩目 那么沉重却又分外荣光

托起吧 郑重地献给伟大的母亲

制成母亲百年华诞的金色衣裳

座座高炉因炼铁而生

出生证上溢满九月的光芒

大江南北高炉抟云歌唱

为了一个光荣的梦想

东方巨龙腾飞的希望

长江在春潮里掀动着东逝

就在江的南岸 九月见证

东方现代高炉的第一声轰鸣

"汉阳铁厂"曾雄踞亚洲之冠

越过四季越过百年风霜

钢铁百年复兴梦想　风中吟唱

63 年前的九月　毛泽东的目光

深情地聚焦在"大冶钢厂"

造自己的拖拉机　汽车　坦克　飞机

自力更生　艰苦奋斗

豪迈的誓言在神州大地久久回响

火红的岁月　我们走在大路上

把日子攥在手心制成金色

"12·23"　就在江的南岸

上海丁家桥红旗招展

关登甲在滩涂上打下第一桩

那一天　党的十一届三中全会闭幕

那一天　全世界瞩目上海宝钢总厂

九月见证宝钢第一座高炉放歌

还是九月见证湛钢 1 号高炉歌唱

把日子刻在心头凝成力量

"12·23"　中国宝武向世人宣布

掀落"疫情"肆虐的尘埃

高昂着头　走进"亿吨"时代

"金色的炉台"久久地吟唱

向山而行的建设者、运营者啊

红色基因强壮　我们是党的儿女

蓝色畅想绽放　一流技术笑蔚蓝

金色愿景展望　"一带一路"上领航

我们的梦田植于长江

像海燕一样展翅飞翔

我们的青春汗洒钢厂

像松柏一样挺立胸膛

我们的胸怀向着大海

背靠大山　斗志昂扬

我们的意志坚韧强大

党的儿女　崇尚坚强

我们的旗帜高高飘扬

钢铁家园中　百年钢铁梦圆

产业工人彰显无比豪迈的力量

钢铁的模样

高炉是炼铁的　铁水洪流

不舍昼夜地厮守着辰光

"铁前"是个符号　铁矿石

从马迹山港出发　源源不断

万吨轮　彩带般挂满长江口

和江水欢歌　相约百姿的云朵

堆存　配料　混匀　皮带机轰鸣

烧结　焦化进行时　高炉的

胸膛　越五千年　铁水洪流

在古老神秘的江河文明中流淌

钢铁般的汉子们　一代代

迎着朝霞　向山而行

宝山　梅山　青山　东山……

"三皇五帝""十八罗汉"

便是中国钢铁洪流的矩阵

"铸"　中国钢铁文化的心房

咚咚咚　"铸"声声回响

越过四季　再远些　更远些

黄帝泰山封禅　禹铸九鼎

"铸"声声　充满了想象

"铸"的光束暖了黄河　长江

在东方　钢铁的模样便是

东方华夏文明"铸"的模具

十年磨一剑　百炼成钢

再锤打吧　千锤百炼

"创"牵引着辰光

"铸"　声声　花海鸟语

不尽春消息

朝气满神州

共和国礼赞·
钢铁建设者

一

我是草地上的一粒草籽　春风吹过

在黄色的草皮下　期待生命中的绿色

期待着燕儿呢喃　期待着草香芬芳

仔细翻遍我的每一件衣裳

换上嫩绿的新衣　赴约春之曲年会

我是长江里的一滴水珠

从格拉丹东雪山滴落

约好金江和岷江里的小伙伴

黄色的　绿色的水珠　快乐地汇集

在万里长江第一城——宜宾的白塔下

等船帆升起　等长江纤夫的号子响起

豪迈地掀动一江春水滚滚东逝

这是我们的家园

这是共和国春天的脚步

不耽误不懈怠的节奏里

些许悄然　些许铿锵

新时代的清晨　一轮旭日东升

站在高山之巅　俯瞰峻岭江河

我们引吭高唱《我和我的祖国》

二

爷爷的老酒珍藏七十年了　滴滴清香

"站起来"的火红年代　爷爷奋战在鞍钢

家山墙挂满了爷爷的立功奖状

父子俩同一班组　奋斗在塞外草原

铁水奔流的那一刻　金秋十月

心醉了　爷俩的泪水汗水洒落包钢

家山墙的荣誉空间更加丰富　老酒留香

父亲是创新能手　举家转战南北四方

"富起来"的岁月　世人目光聚焦宝钢

代代钢铁建设者的智慧凝聚　汗水流淌

咱家的故乡就是国家钢建设的足迹

父亲说　醉了都要游走在座座钢厂

"强起来"的新时代　中国已跻身

世界钢铁建设中心

忘不了爷爷　父亲奋斗的初心

如今我坚守在"一带一路"沿线上

爷爷的那瓶老酒还在飘香

三

54 年前的这个季节　攀枝花火红绽放

走过金沙江上唯一的铁索吊桥　渡口前面

是险峻的高山　金沙江在山中蜿蜒流淌

"三块石头架口锅，帐篷搭在山窝窝"

流金岁月　这是英雄的一代　这是

"大三线精神"的强大力量

渡口"二号信箱"承载着太多青春故事

花儿一般艳红　青春梦想在时空里绽放

为了这一天　直到这一天

攀枝花钒钛钢铁基地建成达产

那是火红的年代　钢铁建设者志在四方

四

"站在排头不让，把住红旗不放"

马万水手里的红旗一直鲜艳如初

"喊破嗓子，不如做出样子"　马万水冲在前面

老伴潸然泪下：老马只有工作，没有家

共和国第一代的全国劳动模范

马万水精神世代传承

曾乐的人生字典里只有三个字：我负责

他是"焊神"　国际著名焊接专家

"第一次""结束历史""填补空白"　光辉四射

30年前　"曾乐实验室"无偿转让给宝钢

母亲说他耿直有加　工作上率直担当

女儿眼里他是个慈祥的父亲

王铁梦的声音总是那么洪亮

中国著名的裂缝控制专家

吴淞大桥上人头攒动　热闹非凡

专家走在重卡的前头　一路喝彩

他的胆识来自科学、计算、判断

27 岁便一举解决了人民大会堂

主结构伸缩缝难题

共和国的家园里　群山葱绿

花开芬芳　雨季悄然来临

雨润之后　我着新衣登场

帆已升起　号子声在长江上回荡

这是我们的家园

我是一株小草　我是一滴水珠

我们是大自然的使者

我们歌唱春之曲

诵读绿色　文明　和谐的共和国

火红的年代

辰光翻卷着远去

还有那个火红的年代

岁月如歌　在庆兆的作业区

"湛江蓝·中冶梦"扑面而来

厂房内手清工人们忙碌着

飞溅的钢花　呼唤着曾经的辉煌

孙慧总说　就是这个台阶了

创业期的大院　大临今年拆除

"中冶大道"牌子还在

曾经的人来人往早已不在

前方　国内最大的氢基竖炉

耸立着　一个更新的时代来临

我们在"中冶大道"上走过

追寻着"湛江蓝·中冶梦"足迹

轻轻地来　一步步丈量

又不舍地离去　湛蓝依旧

有一条内海湾流过　湛蓝色的

似一条彩带流淌过这座城

78 年前的秋天　人们这样命名

湛江。注定是水天湛蓝

一座城浩浩荡荡　把半岛覆盖

雷州红土海连天

万名壮士战犹酣

火红的年代里　"中冶大道"上

演绎着强大的"中国力量"

轻轻地来　轻轻地翻阅

三座 5050 立方米高炉抟云歌唱

中冶宝钢几十家作业区在坚守

一天也不耽误　一天也不懈怠

一代人　两代人……向山而行

力量总是一种心情的绽放

仰望着高炉

尽管它早已不歌唱

落日的余晖下

故事似拥挤着走来

抚摸着炉体

坐下来　一起打开

尘封的故事集

年代火红地扑面而来

笑声不断　歌声酣畅

我们是有故事的人

我们是产业工人

我们虔诚地劳作

我们是有梦想的灵魂

一腔沸腾的炉火

燃过几代赤诚的青春

红色的钢花舞动

捻出前辈的呼唤

捻着夫人的呢喃

还有以钢厂命名的

孩子们的笑声

红色的基因苗壮

以青春的名义

还以青春的证明

建设者永远年轻

一座座伟岸的高炉

在秋天　欢歌抟鹏

我们是蔚蓝色的行者

不耽误不懈怠

日历上涂满符号

爱的语言俏皮的叮咛

岁月挤压着日历牌

每日快乐地出发

每夜疲惫的鼾声

蔚蓝色绽放

溅落在补了又缝的

块块补丁

灯下　夫人含泪凝视

钢铁般的汉子

黝黑的脸庞

我们是金色的脉动

爷爷站在金色炉台上

心情绽放　淡定从容

父亲站在金色炉台上

青出于蓝　优秀铁前工

家山墙的故事里涌满

爷爷的微笑

父亲憨厚沙哑的歌声

鞍山钢都迈出的步履

洞穿嘉峪关的黄沙

南下的钢铁建设者

春天的故事悠扬

相约小渔村唱晚

向东去　父辈鏖战犹酣

又是一个金色的秋天

三角地前一片欢腾

宝山钢铁总厂

成为世界热议的焦点

钢铁厂总要依山

产业工人们体魄如山

我们是钢铁和大山的

后代　梦里也在寻山

眺望高炉的那一刻

心潮逐浪　力量无限

家山墙的故事

爷爷那瓶酒香醇几十年了

立功奖状安静地站在墙上

还有爷爷慈祥的面容

那个火红的年代

图片和故事铺满家里整面墙

爷爷是位山东大汉

从海上来到鞍山

那个激情岁月里　全国建设鞍钢

燃烧的青春不需要舞曲

天为篷　地做床

号角声声　挥汗如雨

"三大工程"蒸蒸日上

大干高炉　出中国人的好钢

造咱自己的拖拉机、汽车、坦克

和飞机　青春再燃烧吧

民族独立之声　在广场上空久久回响

爷爷从来不说和奶奶的故事

奶奶嘴角总是笑吟吟的模样

父亲　还记得那一年吗

爷爷举家到草原去

草原明珠在召唤

建设中国自己的钢厂

爷爷说中国钢铁"三皇"咱建设了两个

父亲的梦想从小就魂牵着南方

天南地北的钢铁建设者啊

干就是争上游　青春在座座高炉的

升腾中延长　父子俩在一个班组里竞技

在夜校里共同学习　在台上一起领奖

父亲终于去了江南钢厂

圆了爷爷多年的梦想

咱们家建设了"三皇"啦

爷爷的嗓门还是年轻时的能量

把家山墙再规划规划吧

这是我从小的一个梦想

爷爷奶奶笑了

父亲说最好还是原样

望着它就是一段历史就是火红的记忆

就是咱钢铁建设者的初心

一闻到老酒的清香

醉了都梦游在大江南北每座钢厂

长大的我工作在海外

"一带一路"上建设钢厂

月圆的时候

遥望着我的每一个故乡

从钢都鞍山到草原明珠包头

从金色炉台武汉到上海宝钢

遥寄着爷爷奶奶和父母

梦里坐在小板凳上

细数家山墙里的故事

每每还能闻到爷爷那瓶老酒

散发着的清香

中冶力量

四十年前的这个季节

铿铿巨响

回荡在宝山滩涂的上空

关登甲——宝钢第一桩

历史记下这位创造者的名字

关登甲是咱中冶人

如今关登甲工作的图像

化为永恒

影像中的他

依然淡定

依然专注

中冶故事如同

美酒一样柔长飘香

"没有中冶，就没有宝钢！"

掷地有声的话语

也许会令人惊讶

而道理却在共和国的

钢铁工厂里

还有教科书和坊间

无声中传颂

中冶力量就是托起

共和国这轮

钢铁工业的太阳

人们说这是沉默的辉煌

共和国钢铁工业的

奠基者、铺路石

肩负着国家使命

传承红色基因

书写蓝色畅想

抒怀金色愿望

新时代里　中冶人

栉风沐雨　奉献辉煌

"深圳速度"的缔造者

五天一层楼的干劲

赢得国商大厦提前竣工

"一冶创造了深圳速度！"

多年以后　仍然难忘

挺立潮头的声音依然洪亮

又是一个新起点

狮城的岛上

传奇的火炬

再次被中冶人点燃

圣淘沙环球影城

神奇的高速度

卓越的高质量

成为南洋人的谈资

赢得竞争者的瞩目

站上更高的新起点

南亚光伏电站

席卷"中国速度"

又一座丰碑

矗立在

中巴经济走廊的深处

丰碑向西北去

群山无人处

山达克——中冶人的自豪

十六年苦苦坚守的铜金矿

当地长老笑容满面

"中冶人都是好样的!"

在大洋的那一边

树洞矿山红土鲜艳

巴萨穆克高压釜在歌唱

中冶人缔造着

一个又一个传奇

中冶力量

凝聚着朴素思想

"站在排头不让

把住红旗不放"

座座马万水雕像

从张家口到邯郸

从北京到天津

巍然屹立　世代仰望

"一天也不耽误

一天也不懈怠"

在刚刚过去的五年里

极不平凡的岁月

旌旗林立　天南地北

中冶人骄傲地传唱

奋斗中传承

血脉同源　文化同根

美好中冶的大树

根植在共和国

钢铁工业建设的沃土中

健康苗壮地成长

沐浴在新时代的春风里

我坐在鸟巢旁边的草地上

凝望着这座钢铁奇迹

咀嚼着强大的中冶力量

第一桩

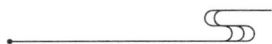

记得关登甲吗

中冶人的骄傲

第一桩

开足马力

打在宝山滩涂

宽广的土地上

记得宝山钢铁吗

丁家桥

门桩的热度还在

钢铁总厂前

挤满了年轻的笑脸

笑脸逢着笑脸

青春挤着青春

笑脸如度数

青春如模具

盛满吧

朝霞或晚霞

更深露重的

酒滴　滴滴相连

第一桩力

还在岁月中沸腾

凝望是一种
向上的力

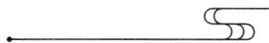

期待　一种心境

朦胧中顽强地生长

靠近张华浜站

总要透过地铁车窗

寻前方一个朦胧的地标

那座 2500 立方米的高炉

晨曦里　霞光里匆匆别过

一定是　曾经沉默的辉煌

期待的心　春天里凝望

相约　走过不锈钢大道

新叶和花朵在春风里醒来

闪烁在七色光环里

黑黢的炉体傲立向上

这是高炉的挺拔性格

千年末点燃的一腔炉火

火红的 17 年岁月

青春之歌　甜蜜的爱情

和不锈钢大道相伴

与晨光　落日　晚霞赛跑

凝望是一种向上的力

音乐奏响　钢铁洪流进行曲

"我们走在大路上"　歌声嘹亮

沸腾的高炉存放在油画中

笔法简洁　炉顶依旧高昂向上

银灰色掩映在红彤彤的霞光里

嗨　功勋高炉　请把胸膛打开

金秋时节　不同肤色的人们

会集在高炉前方的广场

世界钢铁大会彩旗猎猎

把世界钢铁中心的符号

镶嵌在油画四周的绿地上

蓝色的钢铁

（组诗）

湛蓝的天空下　鸟巢

散发着钢铁的光芒

披着银色的外套

一

钢铁是蓝色的

我这样说着

冯并先生笑了

"这是诗的语言！"

我补充道：

中冶旌旗迎风立

鳌头独占笑蔚蓝

二

笑伟先生走过展厅

在马万水雕塑前站立

许久　心潮也逐浪许久

这是强大的中国力量

钢铁的　也是蓝色的

《国文清的名片》

一气呵成　掷地有声

三

马迹山港坐落在蔚蓝色的

东海上　五龙湾金色璀璨

踏着金色的阳光

产业工人们神采奕奕

疯狂的抓斗机分秒必争

湛蓝的天空做证

青春之心融入湛蓝蔚蓝之间

四

“火切王”赵小龙笑了

笑声跑遍厚板 5 米产线精整区域

海蓝色工帽下满是汗水

浸透蓝色的工作服

农家郎十年如一日

专研火切技术

只有手持的火焰切割机

和小龙一样默默无语

五

9·25、7·15、6·30

三座高炉和纪念日一字排开

湛蓝的天空下　银色炉体

抟云高歌　击碎硇洲“旧梦”

钢铁专家中并市长的话音仍在

"湛江钢铁一定是最好的

生态型绿色钢厂"

李锦先生奔走疾呼：

"湛江的天仍然是碧空如洗，

湛江的海还是碧波奔涌"

六

文清先生视野开阔　国家责任在

"一带一路"沿线上徐徐廓清

学文先生率领着团队鏖战

把蓝色钢铁旗帜插在

谢菲尔德和匹兹堡

一举撕开印度钢铁市场

独步天下　独立中标

全球最大的高炉项目

七

蓝色的钢铁

智能的、低碳的

绿色的、高效的

"黑灯工厂"已拉开帷幕

碳达峰碳中和责任上肩

世界一流的冶金运营服务商

一刻也不耽误

一刻也不懈怠

身着蓝色工装的"钢厂专家"

协力检修奋战在世界一流钢厂

的条条生产线上

八

蓝色的钢铁"工业面包"很香

"中冶重机"突破疫情"迷雾"

远销海外市场　北欧到美国

"北外滩"是魔都连接世界的

客厅　铺上"中冶环工"的钢渣地砖

凝聚着工匠之力和心血

外太空探秘　C919 飞天

高铁车厢都有"中冶铸模"的身影

"中冶耐材"挤上拥挤的车皮

向着目的地俄罗斯进发

九

高炉沸腾了千年　回归吧

文清先生朗朗呼唤国家队

为了世界　为了未来

中国已身处世界钢铁中心

蓝色的钢铁之花怒放

从共和国钢都出发　根红苗正

红色基因茁壮　为钢铁而生

一流技术笑蔚蓝　蓝色畅想曲悠扬

金色愿望　放眼"一带一路"沿线

"钢厂专家"相伴未来　同步走来

写给宝钢

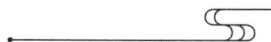

一座丰碑

晚来者仰起头

数不清通向碑顶的台阶

江水流淌着

如逝去的青春

创业者的眼角爬上皱纹

穿过银色的高炉

铸出传说

一个梦想

冶炼成一个坯子

放在东去的江水里

高炉奔腾过

父辈和下一代人共同的

夙愿

我追求着梦的源头

和传说中的英雄

丰碑下

晚来者拾起

别在碑体上的勋章

熔铸

走在新时代滚滚钢铁洪流里

中冶人拥有自己独特的

打开方式

看吧

这是段段用心熔铸的历史

几千年的冶金史上

最光彩夺目的属于中冶人

听吧

这是段段必须高昂的歌声

几代中冶人铿锵前行的路上

不耽误不懈怠格外深重

七十年前

炮声轰鸣

解放了的东北重镇抚顺

中国五冶诞生

就有了中冶人肩负的庄严使命

这是多少代中冶人的共鸣啊

千年辰光换不回七十年的梦想

"三皇"：鞍钢重建　武钢金色炉台

草原上托起的包头钢铁明珠

"三皇五帝""十八罗汉"

共和国的钢铁工业

在中冶人的肩头

一轮太阳冉冉升起

站在共和国钢铁工业历史面前

深情地抚摸吧

为了不敢忘却的怀念

徜徉在七十年的时空里

中冶人的红色基因

源于鞍山钢铁三大工程

中冶人的蓝色畅想

技术鳌头独占 笑傲寰宇

中冶人的金色愿望

四海相通 用心铸造世界

为了不能忘却的纪念

我们终于等到这一天

郑重地 郑重地期待

著名诗人们的纤柔遐思

慧智诗才和

中冶人熔铸在

新时代的完美答卷

中冶人的梦想

骨子里的忠诚

激情澎湃的热血忠诚

在新时代铁铸钢魂的断想里

思绪在金色的秋季里生成

把中冶人独有的忠诚熔铸进

中国梦和民族复兴的千秋大鼎

中冶旗帜

这是一首自信的赞歌

跨过珠穆朗玛

越过长江黄河

这是一个坚持的旋律

悠扬地回荡在

春的田野　秋的金色

冬雪飞舞　挺拔的夏荷

这是共和国赋予的责任

神圣地托起吧

感恩的心和青春的步伐

一起跳动　昂扬向上

中冶人的脚步啊

天南海北激情志　团结奋进号声急

迎向高高飘扬的旗帜

聚焦中冶主业　建设美好中冶

中冶人整装列队　集合远航　无畏向前

一

那一年　乌云笼罩着

中冶人焦痛的心

那一年"三座大山"拦在

中国中冶的面前

中冶人在怒吼

危险和风险集中爆发

把我们击垮吗　不能够

问题久拖不决

把我们拖垮吗　坚决不能

天上没有吹不散的雾

地上没有走不出的路

只要自信加努力　太阳总在拐弯处

回归主业吧

这是中冶人的立足之本　生存之根

这是痛定思痛的抉择

稳健发展的出路

"九五"会议吹响奋力自救的号角

迎向高高飘扬的旗帜

奔向气势磅礴的新征程

青年人理想向往的高地

中年人创业发展的平台

老年人休养生息的港湾

二

踏上雷州这片红土地

东海岛内云集　中冶员工两万

蔚蓝色的天空啊　风吹云过

艰巨的任务　中冶人承担

在这里　一天也不耽误

挥汗如雨　用智慧书写传奇

在这里　一天也不懈怠

咬住工期　奋战台风英勇果敢

迎向高高飘扬的旗帜

指点共和国火红的岁月

演绎中冶人青春的火红

"国家队"里迸发出

感恩之心　忘我工作

青春正能量　无限

一天也不耽误

一天也不懈怠

朴实厚重的中冶精神

中冶人骄傲地说

我们工地上见

银灰色的高炉拔地而起

中冶人缔造传奇的故事

在平凡朴素的

"湛江蓝·中冶梦"里——展现

三

多少个不眠的夜晚　伏案沉思

眉头紧蹙　激扬文字　论证拍案

多少个难忘的瞬间

组织学习在第一时间

真诚交心　促膝长谈

多少次艰辛的奔波

马不停蹄的节奏

战略合作共赢　收获丰满

……

紧握远方归来工人的双手

心潮逐浪　倾吐着发自内心的问候

同志们辛苦啦　欢迎你们回家

工人们深受鼓舞　感到阵阵暖流

为了共和国的荣誉

伤和痛顷刻间化为

关怀的温暖　沁入心田

突发事件在邻国工地一线

紧急部署　周密安排在第一时间

千人大撤离啊

迎向高高飘扬的旗帜

中冶人挺得住　不畏艰险

四

一年迈一步　从奋力自救

毅然起航中觉醒　山花烂漫

迎向高高飘扬的旗帜

中冶人用心铸造世界

熠熠生辉的座右铭　掷地有声

绽放出每个中冶人的笑容灿烂

中冶人大力弘扬

公道正派　科学民主

求真务实　艰苦奋斗

放胆争先五种作风

路漫漫　靠硬朗的作风引领

全面培育抓班子带队伍

真学真懂真干　勇于负责担当

团结融合　自律自强五种能力

科学发展靠能力的提升

和目标的实现

坚持　坚持　再坚持

这是中冶人的旋律

定会如鲲鹏于飞般惊艳

一年迈一步

在华丽转身中　涅槃重生

兑现郑重的诺言

迎向高高飘扬的旗帜

肩负起国家责任

瞄准国际水平

发挥冶金全产业链整合优势

创新引领　担当使命　奋勇向前

看吧　长城内外　海角天南

中冶旌旗迎风立

鳌头独占笑蔚蓝

五

搭一座"美好中冶"大厦吧

有工程承包 装备制造

资源开发 房地产开发

四根大梁 正在日益粗壮

粗壮得稳如泰山

把"美好中冶"大厦的梁

顶起来 可持续 稳健

冶金工程 高端房建

矿山建设与矿产开发

中高端地产

交通市政基础设施

核心技术装备与中冶钢构

环境工程与新能源

特色主题工程"八柱"

就是着力开拓的市场

倾心奋斗的方向

就是中冶人手中

正在徐徐展开的美好画卷

高效率　一天也不耽误

高效益　为社会创造价值

技术创新　管理创新　文化创新

原动力发动起来啦

稳健发展　可持续发展　科学发展

"美好中冶"必将是辉煌的明天

迎向高高飘扬的旗帜

南极海拔 4087 米的昆仑科考站

中冶人来了　远行 3 万里　历经 163 天

创造性地完成设备安装调试

拼搏在极端严寒

湛江钢铁基地　又一轮

冉冉升起的太阳

中冶人默默地托起

"梦工厂"里一天一个样

中冶人鏖战正酣

任凭高温似火　烈日炎炎

站在高山之巅

中冶人纵情自豪地远看

迎向高高飘扬的旗帜

七月流火　天高云淡

迎向高高飘扬的旗帜

中冶人激情满怀　奋战犹酣

迎向高高飘扬的旗帜

中冶人励精图治　群芳争艳

迎向高高飘扬的旗帜

中冶人砥砺前行　奋勇争先

这是中冶人自信的赞歌

一年迈一步　三年跨大步　重任在肩

这是中冶人坚持的旋律

横亘四季与自然相伴

与五湖四海相连

这是共和国赋予的责任

一万年太久　我们百倍珍惜

干好每一天

是的　这是奋斗者的足迹

五大洲已没有距离

海洋也不那么遥远

是的　这是中冶人的步伐

"一带一路"倡议引领

中冶人壮志凌云　激情满怀

昂首阔步　向前

东海岛印象

（组诗）

东海岛

一只蝴蝶化成一座海岛

蒙古铁骑消失在千年的风尘中

长滩　银沙如炼与满月相约

潮起的时候　中冶人铿锵的脚步

唤醒沉睡的龙水岭巨龙

人龙舞的舞步翩跹

三代中冶人的步伐

勘探过东海岛的每一寸土地

如今爷爷笑呵呵地回忆

那张发黄的照片上　笑容满满

孙儿珍贵的收藏　随手携带

月亮悬挂在高炉上方的时候

展开老照片　爷爷的青春形象

映入孙儿激情四射的眼帘

镇上的老太太逢人就讲

我嫁到这里很久了　冲着钢厂来的

盼星星盼月亮啊　终于遂了愿

送孩子的孩子们去工厂上班

平静的镇子一夜间热闹非凡

十里钢城两座大高炉

平静地坐落在葱葱绿色花海中间

一夜之间　这里的人们打起了广告

"热烈祝贺 5050 立方米大锅炉投产"

笑声盖过涨潮的声浪

从东简到硇洲　从东山到民安

万名中冶人都在笑啊

紧张和疲惫从肩头抖落

自信和自豪溢满灿烂的笑脸

一年迈一步　不耽误不懈怠

大干快上　屈指三年

两座高炉挺立　笑谈之间

从一号门进入十里钢城

中冶旌旗迎风立　中冶大道

翻开《中国力量》便难以释怀

道路两旁的项目部里　多少次

十万火急　拍案而起　攻坚克难

多少次　目光如炬　盯着工期

风雨无阻　斗志弥坚

几回回梦里笑了　喊着妻儿名字

几回回梦里怒吼　为抢工期而呐喊

东海岛有龙有海

一座千万吨世界级的钢城

风雨中屹立巍然　钢铁巨龙

两座 5050 立方米的高炉

就是巨龙的胡须　银灰色的

再建三座高炉吧　巨龙体态丰满

向东入海　"一带一路"沿线

视野中图像徐徐廓清展开

东海岛不再清冷孤寂

老声音收在硇洲残破的宫殿里

让十里长滩洒满新时代的阳光

每天晨曦都是崭新　东海旭日

为十里钢城披上金色的外衣

高炉向天歌唱　工地旌旗飘扬

不变的仍是深海荡漾　天空湛蓝

东海岛是一只巨大的蝴蝶

在四季花海的新时代　向东

向着广袤的深海骄傲地飞翔

镜像里寻心跳的声音

打开一本书　轻柔的

夜也会静静地陪读

窗外海的涛声

也在轻柔地呼吸

月亮洒落柔柔的泪滴

在海的平面上闪烁

知己便是平行之上

镜像里寻心跳的声音

打开一个镜像　无声地

试着打开海的扇面

月的泪滴是唯一的钥匙

我知道这是独幕话剧

主人公躲在天幕后面

心跳声掠过静的海面

晨曦小心翼翼地停摆

等待独幕剧的上演

红土诱惑

雷州红土海连天

蓝天下红土地百里绵延

翻开深红的泥土　比花还艳

喷薄出红色的热浪　上升

气流在空中与海风撞击

海鸥鸣叫着掀落晨曦的幕帘

红日在海的深蓝中升腾

霞光洒落在工地上　跳动着

墨色般的打桩机红土上挺立巍然

旌旗猎猎　扑通声响阵阵

一缕色彩映红了桩基手的脸庞

目光坚定　额上的汗珠大滴跌落

三元塔上

目光穿越四百年　向南

想象中高塔抟云　登顶远眺

向东去　凭栏指点江山

东海岛上　日月换了新天

9·25　7·15　两座高炉向天歌唱

世界级千万吨低碳板材基地

2万中国工人的脊梁托起　钢铁般的

不耽误不懈怠的步履中

民族壮志在红色基因中凝聚释放

钢铁侠客在蓝色畅想中抟云向天

花样年华

这里四季和怒放的鲜花相伴

紫荆花铺满红色的土地

细数吧　湛江蓝　向海而生月华如练

中冶梦　红色基因蓝色畅想金色愿望

如花一样　怒放的还有青春岁月火红年代

中冶大道还在激情中花样舒展

桩基扑通扑通　刺激着工厂的神经

穿越条条管线　牵动红土掀动海风

在激情岁月中拥抱四季鲜花吧

我们的初心就是这样朴实　这样忠诚

举起右手　重温誓词　庄严深重

徜徉东海岛　可有青春的记忆如花似火

晨曦里　向海企盼青春的岁月旭日东升

窗口，遗漏一块拼图都会心痛

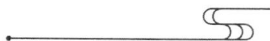

把办公室窗户上旋打开

风和声音一起到来

三号轻轨和同济路高架两条弧线

伴着噪声晃动

湛蓝色、绿色、金属色和

多彩镶满窗口

一幅十里钢城的拼图

动感的　音质悠扬的

在北风的吹送下拂面而来

125

蓝天下是宽阔的长江

似一条凝固的彩带

万吨轮航船错落有致地摆放

高炉群一定是沸腾的

放在左侧第一个窗口吧

钢城的生命体　一期　二期　三期

炉体由崭新的银灰色成长为黑黢

浓烈向天的烟雾越来越清晰

融入白云间

横格拼图这样排放

氧气柜　冷轧、热轧车间

穿越　回放　当年的拼图开始浮现

关登甲上扬凝视的眼神

四十多年了　长江口滩涂一片

红旗迎风飘扬　桩机一排排站立

关登甲凝神聚力　英雄般地打下宝钢第一桩

沧海桑田　牡丹江路从一号厂门

一直向南延伸

这条"南京路"不分季节

总是繁花似锦　美轮美奂

"三角地"集聚着

来自全国各地的建设者

三层简易楼房里挤满几代人的欢笑

浓重的乡音

海波　十二岁的少年

跟着父母　牵着弟弟妹妹

背着高密红高粱地上包起的行李

辗转南下

"当年天一黑　俺就在楼下的马路边上

看过往车灯嘞！"

海波在窗口拍窗外飞扬的两条弧线

难掩的激动情绪　话语在风尘和噪声里

飞扬飘远

把长江和建设中的"上海长滩"

拼在窗口右侧

钢城的码头还在劳作

码头真的老了

"上海长滩"高楼群林立

采江路上欢声笑语

"十年 钢城的高炉群全部关闭

游艇码头建成"

小哥在拼图上自信地比画

俨然上海市长一样

做一个钢城拼图吧

动感的 音质悠扬的

遗漏一块拼图都会心痛

想想都会眼海潮起

生命和生命体 掩映在

绿意葱葱的土地上

拼图的生命浓缩在记忆客栈

后人仰望追寻

西部凝固的山口
——献给钢厂建设者

再也不会有西部了 玉门关早在

开拓者的步履中洞开

捧一把黄沙扬向天空

散落出茂绿的梦环

就在山口

那口井依在吗

父亲用脊梁托起的高炉

充满泪花凝出的

洪流

啊

西部

再也捧不出了　古老的槐树魂

绕紧西行的脚步　久远的驼铃

溢出黄澄澄的年轮

匆忙吗　驼铃从遥远走向

遥远

明白的天空流荡着

绿红相间的时间

西部凝固的天空　奔跑着

长城洒脱的雄姿

老孟泰仍在

高炉做证

不去提起那口井的传说

先人的眼里放映着孔夫子

世纪的沉浮　远去了

西部的遥想曲绿了　老了　黄了

串串思慰抛过铺下世界的旋律

旋转的天空

父亲的枯干就是原料厂低哑的

吟唱

井口没在黄沙里　浸泡出大夜战
悠扬的回声

父亲去了　有了黄沙一般的年龄
别去抚摸吧　一串动情的日子
选择火红就是青铜固体的匆忙
就是锤炼日子艰难的炉口
挥动下吧　以男人的三角肌
折出脚手架　铁柱钢骨
西去的流泪在月柔的星际
又是火红的梦　不能摆脱的撞击
把真诚铸入坯子中吧
拳头的力量能打碎漂泊的阳光
揽住钢流滚滚的大势
让宇宙更暖　心的躁动立浮在
深远的反射线

西部钢厂又在山口
父亲的后代在大山的怀里
涌动青春的脚步

从贤者游

风光更喜今朝

脸谱·彩色钢铁

（组诗）

~~~~~~~

工人兄弟

一脸汗　汗珠子在笑容中闪光

身上　油渍和汗水交织　工人的手

在犹豫躲闪　上前一步　握紧工人

沾满油渍的大手　这便是我们的兄弟

高温下　我们是钢　祖国的好钢

古铜色　涂抹出工厂的秋色和坐标

135

心中的雕像

每每走在钢铁工厂大院

春风抑或秋风　绿意浓浓

五色扑面而来　驻足凝望

把胸打开的那一刻　心中的雕像

在心海里升腾　那个个子不高的功勋

微笑煮沸了　"85·9"的那个黎明

那个秋天　一高炉放歌　还有满园绿色

钢铁之梦

梦若是钢铁般的　便是铁梦先生

世界级"裂缝"专家　却与"院士"无缘

那个辰光　吴淞大桥格外地安静

铁梦和重卡司机说　若桥断了　我先掉下去

一寸一寸地前行　铁梦悬在桥边重卡的前头

专家们都说不行　钢铁般的铁梦笑傲吴淞

四年前的这片辰光　这位米寿长者还在憧憬……

离岛有位陈校长

二十多年了　这位汉子还能穿当年的婚装

向岛而生的汉子　都喜欢大海的味道吗

青春在神迹中起飞　马迹山港便是他的学校

"陈校长"便是陈耀忠　戴着一副黑边眼镜

枕着海浪入眠　"书屋"连接着

离岛外面的世界　劳动最光荣

校长舞动着学习中成长的节奏

和着海风　李伟伟的身影

总和"胖船"相约

七月
火热的青春季
（组诗）

心系群众鱼得水

一

有一种情怀　深深地安静地埋藏

一个人　走过多少路

仍在不尽地回望长江

向山而行吧　根植于高山江河

七月　火红的　我们致敬

七月的雨季里　唱响《我和我的祖国》

产业工人们啊 "汗水雨"中坚毅的笑容

二

有一种品质叫回望梦开始的地方

青山 一群钢铁般的汉子

还有辫子飞扬的花木兰们

誓言朗朗 夏风中舞动青春舞曲

到渡口去 沿着长江逆行

这是青春和青春的对话 碰撞

青春的宴会 注定在时空中永恒

三

有一种精神叫艰苦奋斗 自力更生

大黑山 鸟鸣相伴着青春的歌声

找三块石头来 把锅支起

天做篷 地当床 帐篷支起来

"一手抓粮食 一手抓钢铁"

毛泽东说 "攀枝花建不成,

我睡不着觉" 民族的精神凝聚 升腾

139

四

有一个旋律　春天的故事响彻天际

预备唱　我们是奔腾不息的长江……

金沙江畔　沙哑的号子声声

把我们的童年唤醒　木棉花开

顺江而下　青山　大黑山的情怀

在宝山滩涂上再次释怀　怒放

"85·9"的旗帜下　我们和父辈同行

五

我们是顶天立地的泰山

向山而行　一代代　青春万岁

故乡的原风景　代代与长江相守

梅立枝头　木棉花开　玉兰绽放

火红的年代　高炉在九月抟歌

我们是大山的后代　父辈做证

高炉　钢铁工厂的标志　家的方向

六

七个响亮的名字　品牌人物

中冶宝钢旗帜下　向青春致敬

劳动模范　劳动者的榜样

他们是班组　工匠　执行力　安全

"四位一体"文化建设的高光时刻

彭军说　我是一个兵　共同的心声

"火切王"摇响新华社全媒体　他是条龙

七

十天建成浦东临港方舱医院

新征程上　再现"深圳"速度

请缨上阵　陈忠在电话里急切真诚

两次南极之旅　钢铁般的意志炼就

是作业长　更是长三角劳模创新工作室

领军人物　李伟伟　海岛男子汉

卢长春　董富刚　陈标　行业的楷模　精英

141

八

有一首歌曲叫《誓言永恒》

高炉在华夏大地轰鸣一百三十年了

1893 汉阳铁厂　毛泽东说"不能忘记

带领国家发展重工业的张之洞"

回望　可以寻根　可以拾取根的叶脉

钢铁　父辈如山般的捍卫和厮守

做运营服务的翘楚　做最好的铁与钢

九

七月　站在高山之巅

我们歌唱　长江奔腾着滚滚东去

青春的父辈　青春的我们

以青春之心青春之力　茫茫九派

到生产一线中去　检视青春的自己

和产业工人们一起　兄弟姐妹们

心手相连吧　奋进　我们共同走在大路上

新时代青春之歌

新时代里，技术工人的笑声最美，青春之歌最甜。

——题记

攀西大裂谷　从天空上俯瞰万里开阔

攀枝花树高大舒展　木棉花火一样燃烧跳跃

天工造物　金沙江劈开群山蜿蜒奔腾

又到金秋时节　山里少年们的笑声沸腾了

像小鸟一样在那棵百年老树上栖梧

集合在攀枝花技师学院　我要学焊接！

少年露出甜美的笑容　手里举着《企业观察报》

师徒仁——大国工匠"焊"动世界　大字闪动着

笑声飞遍美丽的攀枝花城市大街小巷

像艳丽的蝴蝶般插上翅膀　欢快地在

攀西大裂谷广袤的山河中飞翔

大山深处的父母放下活计　开怀地笑了

这是一个收获的季节　世界大赛赛场沸腾了

赵脯菠微笑着走上世界冠军的领奖台

欢呼声中　周树春神情淡定心却飞翔

心潮和秋日金沙江一样奔腾咆哮

像国歌声那样雄壮有力　中国技术工人　雄起

青春是曾正超坚毅刚强的奋斗之歌

是宁显海六年磨一剑永不言败的奋斗之歌

是 22 岁赵脯菠剑指喀山的奋斗之歌

挺拔的攀枝花树下　师徒眺望日暮里

火红的木棉花瓣随风掉落

这一刻　辉煌的霞光回映在他们的脸庞

焊接是一门艺术　周树春第一课的板书齐整

深深地镌刻在冠军弟子们的胸膛

毅力　付出　收获　完美　师父朗朗的话语

敲打过师父的每个弟子　小超小海小菠做出了榜样

怎样的毅力　砖头吊在手臂上　扎马步积蓄力量

怎样的付出　"冬寒抱冰　夏热握火"淬炼青春成长

健步登上冠军领奖台那一刻　国旗在迎风飘扬

圆满的弧光闪烁　缝合上人生的焊缝　心灵里存放

蓝蓝的天上白云飘过　青春在歌声里成长

放歌新时代吧　《我和我的祖国》

在大凉山深处　弯弯细长的山路上

他们都是大山的娃儿

曾正超在歌唱　宁显海在歌唱　赵脯菠在歌唱

抒怀青春之歌　声音脆成嘹亮

在师父的率领下　他们南征北战舞动焊枪

"一带一路"沿线项目上　激情饱满斗志昂扬

攀枝花是一棵树　攀枝花是一个村

攀枝花是一座城市　木棉花开美轮美奂

周树春是孩子王　周树春是攀二代工人

周树春是先生　金牌教练　追梦路上功勋卓著

一条青春路上　周树春靠奋斗洒脱走过

于是有了大山娃儿们的美丽梦想

树春先生说　"西部铁军"就是我人生中的木棉树

于是那棵百年老树上便有了世界冠军的传说

神奇教练周树春

（组诗）

这是片神奇的土地　渡口

金沙江蜿蜒流淌

黄色的　汹涌的　知道渡口

这个名字的　代表一个人的年龄

54 年前的春季　钢铁建设者

几路大军云集　青春往事随风而去

如同渡口"二号"信箱

以鲜花给一座城市命名　含义

却是如此鲜明　"大三线"　的故事

是一首歌　青春如歌

攀枝花　是一首流淌的歌

岁月如歌　几代钢铁建设者

记忆深处　一首无法泯灭的赞歌

"工人就是好当"

周树春是"攀二代"　以接父亲的班

当工人为荣　"焊接是有技术的工种

在哪儿都能用技术赚钱"　父亲的教诲

让他终身受益　年少的他总和母亲顶嘴

"做一个让人瞧得起的焊工！"

少年周树春壮志满怀　师父如父

"人这一生，就像一条焊缝！"

手把手传授技艺　教他做人的道理

焊接技术和理论水平扶摇直上

三个月独立操作　"冬寒抱冰

夏热握火"　这是焊接工人的精神

"做人干干净净　做事有始有终"

周树春用心领悟　倔强是周树春

的画像　拼命三郎是"攀二代"的骨血

师父说　焊接要成为一件漂亮的工艺品

要快准稳　扎马步　双手平举

手腕上吊着砖头　师父笑了

父亲笑了　母亲流下心疼的泪水

办法总比困难多　创新是周树春的

法宝　青出于蓝　自学成才

岗位成才　成长为中冶集团首席技师

那年年底　母亲弯着腰身站在路边

等待着儿子　晚风吹拂下　喷香的

腊肉排骨沁人心脾　周树春心醉了

决战南太平洋管道工程

热带雨林　瑞木河蜿蜒着北去

这里小小的蚂蚁咬人　深山里毒蛇遍地

还要带上一把大弯刀　应对突发事件

长裤上满是黑洞洞　焊花灼烧留下的

"汗水流得都没有感觉了"

管道滚烫　脚底灼热　全球最大口径

长输矿浆管道 X60 管线钢焊新工艺

6000 多道焊口　合格率百分百

实践出真知　66.9 公里"银色巨龙"

奇迹般地在巴新延伸　那年 35 岁的

周树春喊出"干好工程　为国争光"

铮铮誓言在焊花中飞舞　青春

在舞动中成熟　从树洞矿山出发

沿深山而行　作为显赫　两年的

异国他乡奋斗　在大洋的那一边

周氏家族出了第一位先生

周树春在父母眼中是个"犟拐拐"

从小到大　村外那条小河

陪伴着小时候的假期　夕阳很美

水草肥美　放牛娃快乐时光

夕阳璀璨　落入河水中

"孩子王"成为捕鱼能手

2010 年早春　组织上的决定

来得突然　调他任教攀枝花技师学院

他感觉到这是金沙江的召唤

认真备课　彻夜失眠

"焊接是门艺术"　板书工工整整

辛苦　毅力　付出　收获

构件得跟艺术品一样完美

先生分享自己的成长故事

分享教巴新人焊接往事

来自攀西裂谷的学生们

听得如醉如痴

周树春还有一个新身份

各类技能比赛的教练

当年行业大赛上他的弟子排名五六七

他连连摇头　五个月后全国大赛上

包揽前三　团体第一

这是周树春在教练岗位上

第一次发威　军令状如山

中国首次参加"技能奥林匹克"大赛

成就这位"攀二代"光荣与梦想的大舞台

第 41 届世界技能大赛中国集训基地

焊接主教练　实至名归

"中国焊工　焊接世界"

凝聚了周树春的心血　从无到有

顶住压力　22 个备选方案　摸索出

73 套工艺参数　伦敦决战　赢得

唯一一枚银牌　周树春引发全球业界关注

一想起他作为先生第一堂课上

摔倒的王晨宇　他总会大笑　第 42 届世界技能大赛

德国莱比锡　王晨宇冲金是周树春的梦想

排名第一的王晨宇却被裁判宣判操作犯规

申诉无效　周树春的目光聚焦到第 43 届大赛

巴西圣保罗

一定夺回属于我们的金牌　曾正超

横空出世　"曾正超　CHINA！"

周树春热泪夺眶而出　五年先生时光

收获中国人的第一枚技能大赛金牌

周树春脑海里浮现村外那条小河

夕阳西下　水草肥美　浮现

两年决战南太平洋的每一幕画面

还有巴新弟子的笑容

那年母亲站在家乡路边

风中等待着他的到来

两年后阿布扎比　宁显海赢了！

还取得了有史以来最高分数　技能大赛

规则残酷　22 岁以下参赛资格

从攀西裂谷大山深处走出来的

小超和小海赢了　周树春赢了

周树春焊接工程队赢了

周树春欣慰地笑了

灵魂深处

2015 年 9 月 3 日　周树春终生难忘

每每回味心头都是甜的

中华技能大奖代表　周树春参加

抗日战争胜利 70 周年现场观礼

走在长安街上　热血沸腾　高唱国歌

注目五星红旗冉冉升起　心醉了

燃尽年华谱上自己小小的音符

灵魂深处　热泪纵横

2017 年 10 月 1 日　周树春的海报

飘满京城　学生们奔走相告

"砥砺奋进新国企"系列宣传

喜迎党的十九大　"党员 idol"公益广告

18 位国企优秀党员典型　周树春

名列其中　"想要拿冠军，就必须完美！"

周树春心系世界技能大赛

宁显海眼里　师父是神一般的存在

神奇教头现象是一种存在

如同自己的师父那样　周树春

教导弟子们干净做人　善始善终

攀西大裂谷　诞生于6亿年前

真的十分遥远　遥远的是世世代代

生活在大山深处的人们　出山进城的路途

周树春还记得小超和小海

第一次进城时的模样　两个初中毕业生

15岁如梦的年龄　如今成长为

两个"大国工匠"　两座世界技能大赛

冠军的丰碑　既要仰望　又是那样的

实实在在　朴实可爱　再过个把月

谁会是第45届大赛焊接金牌获得者呢

周树春的目光　始终聚焦在

俄罗斯喀山　然后是两年后的上海

只为这一天

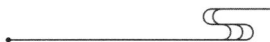

"人生记忆永远抹不掉的是青春梦想"

——题记

六年　2190 天

日子在四季里伸展　小海的动作

日复一日的坚持　直到精准干练

少年到青年之路　坚定的走出大山

飘扬过海　从美利坚到澳大利亚

国旗迎风飘扬　阿布扎比摘取桂冠

一生中金色的年华　木棉花一样灿烂

焊枪在手　焊花飞舞

舞动的还有小海的青春梦想

"学焊接！好好学！"　父亲殷殷嘱托

攀枝花技师学院报到的那一幕

那个充满梦幻的秋天　世界冠军的梦想

静悄悄地在小海的心头点燃

15岁的宁显海　仰望着神一般的师父

牵手曾正超——同龄同窗的好伙伴

都来自挥手指向的大山深处

再苦再累　我们都不怕

风雨无阻　晨起小哥俩体能锻炼

属于我的天　少年的心海里涌动着

顽强向上的执着　勤能补拙的实干

一条焊缝　神奇般将两块生铁相连

中冶人"红色基因"强大　强大的力量

七十年　托起共和国钢铁工业太阳

"焊神"曾乐享誉国际　业界响当当的男子汉

周树春受邀"93"纪念日阅兵典礼时热泪盈眶

他是钢铁般的汉子　曾正操　宁显海的师父

世界技能大赛焊接冠军的总教头

42届世界技能大赛培训班　小哥俩同时入选

"学焊接对了！听周老师的话，好好学！"

妈妈激动的话语　回响在电话那头回响在深山

大山里父亲腿脚不便　母亲持家鬓白如霜

小海在满银沟镇上餐馆打工挣到的钱

母亲含泪收下　父亲苦笑着摇头

果断地把儿子赶出了宅院赶出了大山

差一个名次　宁显海与42届大赛国家集训队无缘

小伙伴曾正超也止步在十进八的赛段

"笨死你们算了，我也省点心"　这是师父的口头禅

这是两个好苗子　周树春嘴上不说却打心眼里喜欢

43届大赛上曾正超站上"世界技能奥林匹克"冠军台

攀枝花技师学院演讲台上　曾正超滔滔不绝

台下的宁显海心潮澎湃　"我也要代表中国拿金牌"

"有压力才有动力"　师父的教诲总在脑海里浮现

青春梦想初始在美丽的攀枝花

小哥俩依靠在那棵火红的木棉树下沉思　憧憬

焊枪打不着火　如同战士枪里没有了子弹

到项目一线历练　再苦再累忘不了咱的家在大凉山

忘不了大山深处父母的企盼忘不了当世界冠军的诺言

加劲苦练　师父说还要动脑还要打开你的胸怀

再次入选国家集训队　攀枝花　四川到全国一路淘汰赛

"44届，我等着你"　师父笑了　小海强忍着泪水

"I Will Be Back!"　宁显海用拳击打心房　我必归来！

基石　坚实的基石在小海脚下一路向前伸展

出征美国亨茨维尔　夺冠　中国国际技能大赛　金榜

澳大利亚纽卡斯尔全球技能挑战赛　焊接项目第一

焊花在小海的梦里始终燃着　中暑倒下嘴里还在念叨

只为这一天　故事从秋天走向秋天　从梦幻走向圆满

妈妈又在大山深处嘱托　宁显海坚毅镇定笑看沧海

高手论剑　最强大的对手就是自己　牢记师父的语言

阿布扎比　"我必归来！"　我要属于我的那一片天！

历时四天　总时长 18 个小时　四个模块

小海的作品就是一件件精美的艺术品　专家交口称赞

只为这一天　一个少年成长为青年　三次征战大赛

技能强国梦　由两个小伙伴托起　中冶人焊接世界

小海说　我的名字叫显波　不知怎么变成了显海

金边银角好会东　会东坐落在川之南大凉山深处

从大山向海　路途遥远　满银沟镇上的人们

开始齐刷刷的向海　这个海的名字叫宁显海

品质

王铁梦，世界级"裂缝"专家

神一般的存在

坦克吊还躺在船上

每天都在支付高昂的滞仓费

绿色的钞票飞扬

铁梦先生推算　科学的

数据清晰　可以通过

吴淞大桥载入史册

铁梦先生决断

在重卡前头　桥梁外侧导引

一步步　一行行

铁梦的梦想

在精算中　汗水里　实现

铁梦赢了

专家的行动

受到企业的赞誉

却失去了

专家应得到的

荣誉

因他说了真话

仰望

据说个子不高

据说笑容可掬

据说喜欢树木花草

令人尊敬的　敬仰的

黎明部长

指引上海宝钢总厂

一路向上　一路成长

他是英雄

他是符号

他是楷模

最可爱的人啊

这片钢铁大地上

火红的年代里

绿色涂抹

智能涂抹

对每一片绿叶的

思恋　都是对

仰望的真诚向往

长在金秋里 『菠菜』

赵脯菠注定和秋天结缘

果脯的脯　菠菜的菠

22 岁，金子般的年龄

在喀山一举成名

树春先生是一棵树

每两年树上生成金果

这样的果脯纯真　香醇

165

"菠菜" 是攀西会理的

沿秋天的风景成长

"菠菜" 是树春工作室的

牵 "西部铁军" 舞动焊枪

闪耀着光环和弧线

汗水和着泪水

在师父的嘱托中延长

为了共和国的荣誉

捍卫 "大国工匠" 初心

山路弯弯的秋天

一步步心灵碰撞

父母的声声嘱托

积累着雄起的力量

师父的目光深沉

凝聚着海一样的汹涌

波涛之中挥起手臂

总有心动向上的力量

喀山　赵脯菠来了！

我是焊神！我是王！

我来捍卫"工匠精神"

撼动世界的三冠王！

视线里依稀相约

攀西会理的"菠菜"

秋声里　一片片

执着顽强地成长

『世界裂缝专家』
王铁梦之上帝之吻

初冬午后　王老坐在家的厅里电脑前忙碌

地上、茶几上堆满了资料　完整有序

门铃响了　王老爽朗的笑声也响起来

米寿之年的铁梦先生　精神矍铄　话匣子打开

八十八年前，铁岭。夏家窝棚王氏家族

北风咆哮着拍打着大宅院　昔日的镶黄旗望族

三个爷爷终日里焦虑着　满院的唉声叹气

长房长子的生命如油灯一般忽明忽暗

腊月里的暴风雪把飘摇的宅院箍紧

爷爷们聚了又散，散了又碰头

家族继承权风暴来势凶猛

一个秘而不宣的计划正在形成　活人殉葬

欲处死长子那已身怀六甲的年轻媳妇

"你还年轻啊，趁孩子还没出生赶紧逃命吧！"

三爷爷捻着手里的佛珠　对跪拜的长子媳妇嗔道

这个年轻的母亲抹去满面泪水，带好夫君给的盘缠

艰难地一步三回头　从宅院门楼下面空隙里爬出

宅院里的森严壁垒　气冷神衰的夫君　三爷爷的宽容

一个个画面相继浮现过母亲的脑海

肚子里的孩子在踢哎　唯一活下去的希望

为了保住王家这个孩子　不能站着走就艰难地爬

头半掩在雪地里爬行　一路四十里朝着铁岭县城逃亡

一家英国基督教会医院里　医生连说上帝的宠儿

母亲奇迹般地产下一个男孩

上帝之吻　铁岭县城

公元一九三一年一月三十日降临

梦生　降生在父亲去世之后

这个男孩就是日后享誉世界的"裂缝专家"王铁梦

『焊』武帝

稚气的脸上

眼神专注

和我的孩子一样的年龄

讲话时声音不大

音质很脆

这是我们的男神啊

"焊"武帝——曾正超

世界技能大赛上

勇夺桂冠的

中华第一人

大山里的娃儿

一个少年

只身来到花的城市

攀枝花

也叫英雄花的大城

父母望着年少的儿子走远

双眼早已模糊

母亲的视线里

儿子的背影很长

曾正超也在回望

父母和亲人

还有熟悉的老屋

大山里的娃儿

和木棉花一样

火红的少年之心

凝聚着梦想的升腾

在师父的眼里

这个少年是个好后生

大山里的娃儿

和焊花相伴

一个个酷夏

淬炼成提着焊枪的工匠

汗水泪水在焊花中

化为美丽的弧线

在圣保罗绽放

"焊"武帝

我们的男神

木棉花盛开的季节

曾正超笑容灿烂

花儿将他的脸面映红

"焊"武帝说

给大山里的父母

盖一个跟城里一样的房子

讲话声音仍然很轻

音质还是那么脆成

山路弯弯

（组诗）

一

攀西裂谷沟壑纵横　大西南

大山深处　浮云缭绕

初秋季节　果实还在生长

如同他 15 岁的年龄一样

宅院里棵棵果树上果子正在泛红

繁茂的枝叶已绿黄相间

这棵老树有他爷爷的年龄

树荫遮掩住视线

望不见出山的那条道路

那年他的梦想是当大侠

双节棍是"功夫梦"飞翔的翅膀

"出山去学一门手艺吧"父亲说

夏天雨夜里父亲的话语

深深刻在曾正超的心头

二

木棉树下　他郑重许下诺言

"我一定好好学焊接！"

在师父传授下　他徜徉在技能海洋

笔直举起的手腕上吊着沉沉的铁块

飞溅的焊点烫坏了衣裳

留下一身的烫伤

公交车上他的伤疤引发热议

七嘴八舌　目光也千奇百怪

他擦干委屈的泪水　仰着头说

"我是学焊接的！这些疤是烫伤"

在他心里，伤疤是最美丽的焊花

三

17 岁　曾正超技能超群　成为一名工人

自己能挣钱孝敬深山里的父母啦！

攀枝花技师学院放飞的那一刻

他的目光聚焦在世界技能大赛上

成为国家集训队一员　他百倍努力

止步十强　师父说"有差距才有飞跃"

奋战在海外项目　焊接箱内高温 50 多度

每天工作 9 个小时　咬牙顶住

顽强专研努力　焊接管口一次性通过

18 岁开始一路奏凯　再次晋级国家培训队

剑指巴西圣保罗　43 届世界技能大赛

每天集中训练 14 小时　没有了做梦时间

19 岁的曾正超成为代表中国的惟一选手

大洋洲技能挑战赛上　新西兰焊接专家说

"你完成的不仅是比赛的模件，更是艺术品"

"你是一位艺术家" 曾正超

焊接"艺术家"的梦想开始绽放

四

真正的焊接艺术家 曾正超向往着

不仅要有高超的手艺 还要有一颗匠心

持之以恒的真心 敢于拼搏的决心

善于专研的慧心 曾正超向大国工匠迈进

四年前离开大山深处的家乡 来到攀枝花

曾正超践行着自己青春的诺言

梦想在焊花中闪耀 不仅是他满分作文题目

恰似一个又一个划过时空的梦想之花

绽放在巴西圣保罗 39 个国家的 40 名裁判

"曾正超，CHINA！"身披国旗的他站在冠军台上

这一刻 他眺望家乡的方向 宅院里的少年

挥舞着双节棍 一位大侠名动江湖 山路弯弯

他用焊枪击中世界冠军 实现中国零的突破

中国技能走上世界最高峰 中国技能强国梦实现

山路弯弯　父母在宅院门口期盼久了

小超出山时的背影很长　乡音还是那么脆成

"给我父母盖一套和城里人一样的房子！"

宅院里果树上果子成熟了　山路弯弯

在大洋的那一边

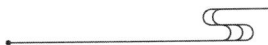

（组诗）

巴萨穆克笑了

巴萨穆克笑了

一排又一排的笑浪

刺破雨树（Rain Tree）的棚顶

大人们失措

长老抻长了脖子迷失

天堂鸟儿散了

追赶鹰的步伐

树叶抖颤着流下

千年的泪滴

巴萨穆克笑了

海滨的浪声响起

孩子们快乐地嬉戏

山上流下的河水

弯曲中改道

村里的狗懒散着

俯卧睡去

Basamuk 镶嵌在

PNG 上的明珠

兄弟姐妹们笑了

RAMU NICO 笑了

村里孩子们笑了

一排又一排的笑浪

巴萨穆克海湾

已十分拥挤

注：PNG 为巴布亚新几内亚的简称

RAMU NICO：中冶瑞木

巴萨穆克（Basamuk）为距离马当省 65 公里处

的海湾，中冶瑞木冶炼厂所在地

坐南朝北

在莫尔兹比

一定是坐南朝北

弯月升起来了

庭院里听蛙声蝉鸣

把脸迎向阵阵海风

香蕉树摇曳

担心串串掉下

青青的香蕉

躬着身体如同婴儿

抓紧了树干

叶子舞曳着说

还没到落下的时候

蛙声又起　蝉似睡去

风似乎也要停息

犬敏感地吼叫

一声

两声

三声

瘦身的狗儿静下

左耳听土著人低语

右耳飘亚裔人笑声

声声溢满磁性

相同却又不同

举起茶杯邀月

不远处水池中晃动

似圆月的倒影

却是灯影醉了

我心已醉　默念着

一定向着北方

不只是我们

还有这座城市和

岛国总理的心声

海风把城市裹紧

夏季在阵雨中奔跑

溢满这里人的笑容

自信淳朴　还有真诚

教堂钟声响起

APEC 前夜的港湾

莫尔兹比

宁静复宁静

海风吹落星的浮尘

弯月在风晕中睡去

空中的星星

一颗

两颗

三颗

清晰清新　和着海风

一起律动

注：莫尔兹比为 PNG 首都

期待深夏

走在总督路上

SIR　JOHN　GUISE

寻着雨树（Rain　Tree）

离总理府远了

简朴的车站上

挤满了色彩

棕色是这里的标志

黄色黑色红色

迎着风飘动

市政厅在前方伫立

城市之标

船和帆高高地伫立

俯瞰着路上过往的车辆和行人

岛国首都的色彩

汇集成流动的

笑容　似曾相识

天堂鸟安静地

张开金色的翅膀

仿佛鼓声响起

还有土著人的舞步

画家和他的油画上

PNG 的蔚蓝

跌落在路上

给夏日几许清凉

2018 APEC　坐落在

总督路的尽处

与一排雨树相伴

色彩在热浪中跳跃

蔚蓝与金色的市标

成为人流过往

瞩目的中心

几个月后的深夏

会在雨声和雷电中来临

航班从四面八方

搭载着不同的色彩

赶赴一场盛宴

总督路上市政厅内

人们都在忙碌

色彩在流动中喘息

只有天堂鸟

安静地等待

世界峰会的到来

注: SIR JOHN GUISE: 约翰·吉斯爵士, 1975 年 9 月 6 日——
  1977 年 3 月 1 日为 PNG 首任总督

树洞（Kurumbukari）

矿山在我们脚下了

色彩在这里格外鲜艳

一条路伸向天边

在万山葱绿中

红色的镍矿宣示出

年轮的沉寂　时代的期待

还有土著人明亮的双眸

这里叫树洞（Kurumbukari）

著名的世界级矿山

选矿机林立轰鸣

重卡拥挤着前行

把红色的矿藏运向

并不遥远的地方

时光叠加着时光

那一年中冶人的目光

聚焦巴新

步伐坚定　家国北望

在马当简陋的房间里

手在地图上——标注

然后一干人马上山

在草没人头的大山里

眼睛始终盯紧前方

用心铸造世界啊

中冶人的视野里

瑞木河蜿蜒着北去

建一座瑞木大桥吧

道路先建起来

相伴一百三十五公里管道

通向巴萨穆克

魔术般地在这个

美丽的海滨

冶炼成绿色的镍钴

走在树洞矿山的路上

总会有无穷的遐想

诵读着中冶人的传奇

安那快的雨

在树洞一定要下乡

唯一的道路

每走一次都是经历

生活在坎坷中走向远方

前方有现代房屋啦

安那快社区还有学校

都是中冶人的作品

社会责任在肩啊

同一个瑞木

同一个社区

雨中的演讲如同

这不停的雨丝一样

那么慷慨那么激扬

手势令人着迷

向上的力量

感恩的力量

长老慷慨很久了

分不清泪水还是雨丝

一直流淌

学生们仍在仰望

安静地聆听

这是同一个社区的力量

安那快的雨没有停息

马当的海

这是没有红绿灯的省会

一切都有序地运行

俾斯麦海湾很平静

晚风吹拂　心情很美

面向大海

可以远眺可以忘情

我的兄弟姐妹啊

我们阔步在

"一带一路"沿线上

祖国在大洋的那一边

歇息下驻足望远吧

泪水禁不住流出

海的味道

月圆时很咸很浓

再凝望一刻吧

父母和妻儿

也在家乡这般凝望

十年铸剑巴新客

这是团队的平均岁月啊

一天也不耽误

一天也不懈怠

默默无闻地无私奉献

青春的轨迹在大洋的上空

像织机一样越来越密

一幅幅"苏绣""蜀锦"啊

勾勒出中冶人新时代的风姿

月圆时刻

目光齐刷刷地迎向北方

坐南向北

心随着船船绿色的矿藏

从巴萨穆克港起航

一路北上

坐南向北

汗水从树洞和巴萨穆克

滴下　流向湛蓝色的海洋

你好！马当

宁静的海滨之夜

那轮海上明月

真的很近

家乡的明月

心底里久久地收藏

母亲河的
后人们

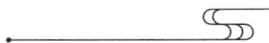

摇动江河如同摇动星辰

先人们便是这样劳作

默默地虔诚地前行

云之上的大城笑着　敞开心扉

便是把胸打开　文明自信中醒来

我们是新时代的钢铁工人

根植于长江　把江水拉长

不耽误不懈怠每一刻

钢厂在我们手中安然地成长

也拉长日月星　三足乌回望

鸟语叫醒晨光的片刻

我们列队出发　迎着朝阳

共创繁荣

共同发展

梦想的力量

我们的梦田植于长江

像雄鹰一样高傲飞翔

我们的青春汗洒工厂

像松柏一样挺立胸膛

我们的胸怀向着大海

背靠大山，斗志昂扬

我们的意志坚韧强大

党的儿女，崇尚坚强

我们的旗帜高高飘扬

冶金运营服务

汇聚中冶力量

我们有一个梦想

座座冶金　有色现代化工厂

自信的文化　尊敬的医生　一流的愿景

浇筑生命力强大的产业工人

我们有一个梦想

冶金运营服务国家队

红色基因　蓝色畅想　金色愿望

托起振翅高飞的中冶宝钢

冶金运营服务

因中冶宝钢而不同

钢铁工人之歌

立夏日　走进钢铁工厂

月季花盛开的季节

癸卯年的夏季之风扑面

绿色的工厂内鸟语欢唱

一炼钢区域好一派风光

铁水渣　转炉渣　铸余渣

繁忙有序地奔向渣处理车间

1000 多摄氏度的余温　火红的

"空军"行车吊起　倒入滚筒

降温　钢球击打　像极了洗衣机

变废为宝　产品走向四面八方

干净的中控室　控制有序

钢铁工人的眼睛似鹰般盯守

钢铁工人之歌　无声地歌唱

向山而行的汉子们

曲曲悠扬的旋律　心底里流淌

又是日暮里　钢铁洪流战犹酣

彩色钢铁
在金秋里绽放

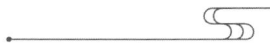

心浸在金秋的旋律里久了

每一条弧线都是那么恣肆

每一张笑脸都是那么灿烂

每一片云朵都是那么绚丽

癸卯年的秋

静悄悄地绽放

打开彩色钢铁的画卷

彩色的丰满的扑面而来

火红的岁月也如约而至

云朵游弋在湛蓝的天空

与彩色的钢铁联袂

一首欢快的金秋序曲

在钢铁工人们的步履中

抒发着火热的情怀

有时激荡

有时舒缓

追梦人

色彩再一次炫了这个冬天

湛蓝的天空下　五色飞扬

激情再一次无声中燃起

还是这片属于追梦者的土地

一路向上　空间中无畏地攀缘

向山而行　380吨到425吨路径多远

多少钢厂多少年翘首以盼

铁水运输车让"中冶重机"梦圆

天蓝蓝　"世界最大载重"来了

完美的弧线　旗帜飘扬着

东风浩荡　全球首发实现

智能的环保的高品质的

中冶宝钢品牌再次怒放

蓝色畅想　追梦人笑容灿烂

创一个高质量的动词

12·15 是个好日子

中冶宝钢品牌再次登顶

创　追梦人的梦想绽放

创　"中冶重机"续写诗史新篇章

火红的　激情四射的星啊

温暖了冬月　这块神奇的地方

六年辰光　PBC-380 吨还在招摇

"亚洲第一"的铁水运输车

山钢日照觅着它矫健的身姿

12·15　PBC-425 吨横空出世

这一刻　创　业界翘楚　全球首发

十年一剑　磨砺高质量的创

从这里再出发　飞得更高　更强

温度与激情

握住手清枪

站在连铸坯上

火焰如音符一样

跳跃着歌唱

这是无声的歌唱

靠双臂和腰部的力量

控制枪的反作用力

向前移动中清理

不耽误不懈怠

手清工艺鳌头独占

二十几年的创新

靠的就是这把老枪

一双慧眼透过墨镜

甄别出坯子的缺陷

定力一举清理

百分百的缺陷清除率

撼动了老东家宝钢

车间外温度爆表

车间内火焰飞扬

热度中心情笃定

激情随火焰的步履

一起绽放

枪过成材

拍拍胸脯

骄傲的眼神里

就是这样自信

湿透的工作服上

四个大字稳健方正

大写的

中冶宝钢

年修季 不是传说

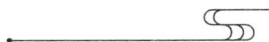

热度还在燃着　癸卯伏天

钢厂里映着火红的年代

"汗水雨"仍在执着地下着

哪有一刻停下的脚步

毅然决然地向山而行

作业区也在忙碌着

可有哪篇作业可以重来

各路"大军"蓄势以待

准备好了，出征

七月,一个永恒的旋律

辰光不舍昼夜地忙碌

拉着城和江河一路欢唱

涂抹过四季丰满的色彩

七月,走进雨季的企盼

逢着火辣辣的空气和

放晴的天空　南京西路走过

《南泥湾》和《赞歌》的旋律

流淌过心海　火红的七月

在城的那一边　高炉抟云歌唱

我的兄弟姐妹们啊　钢铁工人

年修　定修　一小时呼出抢修

牵手辰光　不舍昼夜地作业

班组在行动　健康的细胞成长

工匠在行动　蓝色的弧光闪烁

文化自信满怀　自信的微笑绽放

车间里　岗位上需要歌声

执行力便是有序的坚守和力量

扎实的每一步写就《安全之歌》

"工业面包"凝着奋斗者的汗水

洒落在火红的七月　绿色钢厂

城是美丽的　钢厂是花的海洋

钢铁般的汉子　还有"花木兰"

"汗水雨"一直下着

挥一挥手　刚毅的笑声里

掀落一片晚霞

夕阳下的三门峡

站在清澈的黄河岸边

想象着《三门峡——梳妆台》

贺敬之先生笔下的旋律

黄河儿女豪迈的激情

这一刻　雨后的夕阳下

心海深处沸腾　光来了

我的一线作业区兄弟姐妹们

高昂着头　身披金色的晚霞

高高兴兴地回家团聚

又是一天繁忙有序的作业

亮开嗓子放歌　走进金色里

三门峡有山叫作高阳

三门峡有河　母亲河　黄河

产业工人们向山而行

不耽误不懈怠的节奏里

把胸打开吧　拥抱美丽的秋天

"有多少作业可以重来"

男子汉们与"花木兰"同行

看过来吧　年轻的笑脸上

溢满青春的活力和作业的从容

秋风强劲地舞动

在冬雨里

没有绝对的分离　譬如秋冬

互相掺和着扭动着

冬雨湿嗒嗒　秋风犹酣

温度还在回升　运动不息

飒！老资格的运动队伍了

再一次出征　绿草坪上集合

团队　一个个在行动

检修　年修　一小时呼出抢修

大江南北　座座钢厂车间
都有兄弟姐妹们的身影
冶金运营服务　国内第一
在中冶宝钢的旗帜下　出发

产业工人是伟大的　团结起来
哪片雨滴　燃了劳动者的激情
哪缕寒风　能撼动他们的脚步
班组文化的细胞　学习中强大
工匠精神　坚守和比武中升华
走过　坚定地走过　铁力执行
在朝霞抑或落幕中油渍满身
你好！安全出发　平安回家

花园工厂的树丛间鸟儿飞过
冬雨湿嗒嗒　秋风仍在吹送
足球赛　因中冶宝钢而不同

家的力量

我是一棵小草

深深根植在土地里

只要有阳光　我就灿烂

只要有雨露　我就会健康

茁壮地成长

向往这个企业多年了

著名的中冶宝钢

我怀着一团火　投身

这块肥沃的土壤之上

拍着胸脯说

100 多天的日子里

感受到了阳光　感受到了

健康和茁壮

人们都说老宝冶

老宝冶就是中冶宝钢

是一块铁都要熔炼

我们都要做共和国最好的那一块钢

高举红旗　领跑在前

不仅仅在今天　源远流长

今天，船长带领着团队

高速、健康、快乐地成长

老船长们幸福安康

他们幸福地笑了

品味着新时代的中冶宝钢

生活在这个家园

感受到的就是向上、奔腾的力量

这就是家，我们的家

我们在向爱你（20）依旧（19）

告别，迎接爱你（20）爱你（20）

迎接的还有爱你一万年

这就是新时代的中冶宝钢力量

我是一棵草

根植在中冶宝钢土地上

向阳，健康快乐地成长

一束光

厂房开阔　一望无际

工人兄弟们忙碌着

无缝车间像是在晾晒

检修似无声中进行

没有了往日的尘嚣轰鸣

一束光　从棚顶落地

光柱在厂房内格外抢眼

静谧的持久的无私的

许是一幕剧的道具　光来

队长望着它　再鏖战几天

便是检修的胜利之光啊

我凝视着它　仿佛听见

忙碌的产业工人的心跳

这束光照亮他们无私的灵魂

人民艺术家
诵读中冶宝钢

还是我们，只有我们

才是创造钢铁运营服务历史的英雄；

只有我们，正是我们

煮酒来论。汉代钢铁的炉基，还有

新时代中冶宝钢产业工人缤纷的青春

艺术家们激情演绎

春天的故事　还有奔赴青春季的人们

倾听吧

岁月和故事在完美的声音中执着延长

感受吧

全国劳模的故事在日月穿梭中口碑相传

很久很久以前　我们仰望

必须仰望　这是历史的传承

而今迈步。李伟伟来了，彭军来了，陈忠来了，

他们是新时代中冶宝钢品牌人物　企业的品牌明星

这是一幅明星联袂明星的画卷

艺术家们　中冶宝钢品牌传颂者　饱蘸激情

凤凰于飞般讲述　他们的故事　美丽的传说

也许不远但愿不老

中冶宝钢品牌故事，在艺术家和员工的共鸣中

渐渐地发芽、长大，然后

长成一棵参天大树

难忘的　还是中冶宝钢品牌人物的传颂人，

人民的艺术家们

拥抱春天
以中冶宝钢的方式

春　无选择地来了

花开花谢　悄然离去

云彩　还在绚丽地绽放

疫情就是命令　前方

短暂的平静　骤然改变

我们的兄弟姐妹们啊

开始隔离　近处或是远方

隔离是个动词　需要

周密地策划　尽管没有选择

心头凝聚的仍是员工的健康

笑是个动词　却越来越

在身心的繁忙思忖中淹没——

运筹帷幄　决胜千里之外

每日夜幕落下　倾听着

倾听着　兄弟姐妹们

身体是否安好　精神是否安康

眉宇间凝聚着　凝聚出

一道道指令　百里加急

把险情危情逐一化解

紧盯一线的产业工人们

奔走过厂区的四面八方

千叮咛　万嘱托啊

弟兄们　顺产保产扛在肩头吧

还有　保重！兄弟们的身体健康

高效地精确地运转　两区间协奏

多少个日日夜夜啊　无眠

一个个艰难的路口　选择

无眠之夜　做出坚定的抉择

…………

胜利了　我们胜利了

孤独的无助的且又刚强的多情的

泪水　一起向着春天

天佑我们　泪水啊　向着月亮流淌

这个春天有点凉　君可见

温暖沁入心扉　出自美好中冶宝钢

这个春天里　春花烂漫

烂漫里始终有党政群团的身影

奔波也是个动词啊　各级领导

志愿者的身影　匆匆忙忙

一个共同的心愿　保重吧

身体健康　和生产平安

钢铁家园里　春花灿烂地绽开

"国内第一、国际一流"

冶金运营服务商　为了钢铁企业

生产顺行　保障生产

心之花　在钢铁大地上静悄悄地怒放

绿色的环保的中冶宝钢的春之曲

在共和国的钢铁大地上

铿锵鸣奏出　一线产业工人们

轰天震地地歌唱《我和我的祖国》

金龙扬首

今朝真是福

马迹山之歌

（组诗）

序篇

当年一起来的战友们

都陆续离开了

"七君子"啊，陈耀忠望着星空

离岛一隅　马关院落

西望，不远处的马迹山港

一次次业务整合

一次次创新实践

马迹山啊，神迹无法登攀

227

我们用自己的双手　创造

新时代现代化港口的"神迹"

陈耀忠挥了挥自己的手

一双当钳工磨炼出的"铁手"

难得安宁的夜晚　星空璀璨

"做新时代的千里马吧，让公司

和祖国来选择我！再难，毅然前行！"

技术工人之梦

沉寂的缥缈的小岛

有鹰飞过　泗礁因龙扬名

"马迹山岛建港口啦"

嵊泗列岛开始由工业拉动

一批批青春萌动的青年

乘船而来　简单的心情绽放

新时代技术工人之梦

一段段把缥缈的马迹山廓清

一步步把沉寂的港口变成课堂

办夜校学习　自主培训

比学赶帮超的热浪　实践中成长

和着不停息的海浪跳跃

李伟伟、周安叶、傅可杰、吴杰

一个个走上作业长的岗位

马迹山塑造出一个群体雕像

这个匠人就是老马——陈耀忠

他是这所社会大学的"校长"

团结就是力量　踏实才有方向

有知识有理想　讲责任敢担当

破茧而出的是千锤百炼的汉子

伟伟成就全国劳动模范

安叶成为全国最佳农民工

可杰、吴杰成为省级百千万技术能手

一匹匹小千里马奔向岗位

嵊泗，"长三角"创新的天堂

高处见海　这里是东海嵊泗

这里是新时代产业工人的舞台

现代化的进口矿石的中转港

"长三角"最东端的地方

陈耀忠踏上泗礁岛二十年了

三十而立之年的选择

化成默默奉献苦心坚守的唯一

父母都是党员　家风淳朴优良

耀忠的家也在岛上　上海崇明

理解他的妻子　带着儿子

每一次都深情地望着他的背影

充满生命力的汉子的背影

扛起父母和家人的嘱托　奔赴离岛

陈耀忠个子不高　却看得很远

一次次在马迹山港走过

每次都能感受到新时代的浪潮

他目光敏锐　"铁手"果断　要求严格

李伟伟，马迹山港开港时第一个

卸船机司机　聪明稳健

25岁成为中冶宝钢年轻的作业长

和宝钢李斌团队共建

相伴一路健康成长

创新在李伟伟团队脚下延伸

"舟山李伟伟技能大师工作室"成立

"长三角"技能创新工作室授牌

嵊山岛的李伟伟还是那么朴实

米其林星级餐厅的追求还在路上

从马迹山港口走过

走过去，882米 起点到终点

马迹山港口区的距离

卸船机轰鸣着

两艘20万吨外轮舱盖打开

五个疯狂的大抓斗 上下

指挥手目不转睛的

似将自己的手臂探入"虎穴"

快速地抓起铁矿石

轻轻地一抓就起来，向左

快速地送到卸船机料斗内

一个循环60秒左右

时间在疯狂的抓斗上舞动

阳光将晨曦送到夜幕里

港口似繁星点点

和夜幕上星辰呼应

远处的外锚地，一字排开

满载的外轮在风中摇曳

摘下马迹山岛的"神迹"

坐在飞驰的快艇上

马迹山港若隐若现

高大的卸船机械

越过山头　直达云端

港口内一派繁忙景象

卸船机庄重地雄踞港口

皮带机浩浩荡荡

把卸下的矿石运往料场

堆取料机来来往往

张开友如数家珍：41 个品种

12个料场　黑色的是巴西矿

黄色的褐色的是澳大利亚矿

工作室的无人机　估料高手

取料都按数字编号进行

开友还在坚持每天巡矿

装船机位于港口一角

万吨轮把矿石源源不断地

运往祖国各地　运往宝钢

戚永宁有双"巧妇"的手

发明创新是他的绝招

团队对工程设备进行周期性保养

人称单方杰为"方少"

坚决地说，社区请他去工作

被他一口回绝

杨晓虎说，"我愿再干二十年！"

产业工人们的脸庞是刚毅的

古铜色的　当地话把马读成墨

方少和可杰当过海军

台风来时，他们坦然镇定

当年来海港工作　他们是简单的

港口每次日出都是崭新的

风吹日晒　青春充实丰富

团结是生命　踏实是作风

耀忠说，人少就盘活

靠的就是支部堡垒和党员的力量

在他们灿烂的笑容里

映射出新时代的召唤和韶华常青

离岛，高高飘扬的旗帜

离岛不远　东海大桥向东

迎向高高飘扬的旗帜

陈耀忠和他的团队

宣誓时的铮铮诺言

化为砥砺前行的无穷动力

太阳升起的时候

将海面涂成金色

海风是硬的　他们的心是热的

每年五六次联系敬老院

给孤单老人剪指甲、理发

弯下腰为老人洗脚

一坚持就是十几年

嵊泗列岛有 404 座

这里飘满海的味道

黄龙岛不远　枸杞岛很美

但在耀忠的心头

最亲近的是他的团队

最美的还是马迹山港

不耽误不懈怠

化作一曲优美的旋律

就是马迹山之歌

嵊泗与海

（组诗）

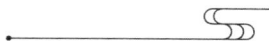

离岛

只剩下山了

绿和蓝相间

鸥鸟呼唤着

把山覆盖

岛，孤独地

望海而生

离岛的人啊

快乐如歌

步伐轻盈

黄龙在卧

泗礁呼吸着

神马向西飞驰

一隅

桥来，东海大桥

船来，碧海快艇

整理好心情

向着东大门出发

干净的街道

祥和的海风

高处望海

共和国的东海

一眼看不到边

列岛纵横

离岛一隅

港口区忙碌着

大抓斗一字排开

钢铁汉子们合力

更换着上面的钢丝绳

注：一抓斗可抓 60 吨铁矿石。

嵊泗与海

海是广阔的

岛是孤独的

北纬 30 度

把这条线拉直

总有神迹

这里有黄龙的传说

也有天马越过

嵊，源于山

泗，始于龙

嵊泗列岛

东海龙王的殿堂

充满想象

左岸公路延伸着

似黄龙的脊梁

四海翻腾过后

屹立的

新时代龙的传人

不朽的神迹

天马

想象在先人的脑海里

不断地翻动

传说成为不朽的座右铭

一段段　在海浪的冲刷中

与离岛的山同眠

马迹　已无处可寻

开启高级的维度

那一年 "七先生"寻着神迹而来

眺望着海的远方

向西 可有一匹天马驰骋

那天 黄龙舞过列岛

旌旗耀满视野

中冶宝钢的

多彩的心境

风雨过后

色彩变得单调

褐色在风中

四处游弋

四个车轮上

任褐色涂抹

城内人的眼神

随色彩飘移

君自港口来

穿过隧道

马关镇变得寂静

羊肠小路上

来往的

港口产业工人们

编织着

多彩的梦

天南地北的

口音里

夹杂着

褐色的幽默

多彩的心境

和着海风涌动

把心境融化在蓝天里

——致敬奋战在离岛马迹山港口的中冶人

没有翅膀，不能像鹰一样飞翔

秋把她的深处交付给蓝天

云睡在天幕更远的地方

窗口，钢厂的热烈扑面而至

天际线在色彩的前方　屹立

弧度和弧线把身体紧紧包裹

长江之上，万船竞技　五色游动

眺望钢厂码头　可有万吨轮来

定是从 69 海里外马迹山港出发

7300 个日夜，海港仍在忙碌

离岛之上　"大胖子"来了

红色的宽体 30 万吨巨轮靠港

马达轰鸣，四台卸船机开动

大抓斗真厉害　一斗 60 吨铁矿石

产业工人们轻轻地一抓就起来

"大胖子"还在喘着粗气　船体上升

朝霞抑或晚霞　狂风抑或暴雨

都在产业工人们的心境里融化

心境崇尚湛蓝的天空

明快，明快得遮掩不住一丝杂念

离岛　走过安静的街道便可观海

睡在离岛　似在航行的船上

心中总有隐隐的"孤独"涌动

晨起望海　听不见犬吠鸡鸣

慢城的节奏　咸涩间清和宁静

向马迹山港去　把胸打开

打开蓝天般明快的心境

廿年的足迹化为一条亮丽的弧线

黄龙做证　神马做证

孤独就是产业工人们无声的歌唱

不耽误不懈怠就是他们匆忙的背影

来去匆匆　花草无声

他们是风。战天斗地和着海风舞动

他们是龙。东海东大门挺立的英雄

耀忠是校长、是先生，来自崇明

伟伟、安叶是班长、是学生

一个来自嵊山镇，一个来自南京

学生们来自五湖四海

只有一条路通向马迹山港

弧线上跃动　路径中清新明快

他们都是风之子的后人

忠诚是根　敬业是荣

默默地孤独地坚守在离岛上

团结是翅膀　进取惟精神

作业书写在宝钢现代化中转港口

中冶人的豪迈里　孤独求败

降
一个鲜活的动词

小的时候　眼巴巴地

看燕子飞来飞去　屋檐下筑巢

眼睛是移动的直线　天是一个大锅盖

半个世纪之后　还是眼巴巴地

一个人孤独地前行　望天

寻找了许久马迹山的传说

像小的时候问过妈妈千遍

月亮上真有广寒宫和嫦娥吗

妈妈的微笑总和满月相伴

降是一个鲜活的生动的难忘的优美的

动词　充满生命力和想象

第一站降在马尼拉　岛海相济

躺在百岛沙滩上的感觉

眼睛还是移动的直线　太平洋湛蓝

《山海经》是在每次降的过程中完成的

马迹山港也是在降的优美的弧度中完成

设备高大　外轮色彩绚丽　矿石五彩

港口的故事　鲜活的生动的难忘的

被后人称道　有一天　有一只神鹰

降在缥缈的岛上　世代口碑相传

唐朝僧人释昙翼看到了千里马

龙迹的传说在风中飘荡千年

泗礁山似天马行空　马迹山岛

是飞驰的天马前蹄

很久很久以前　嵊泗列岛的天空

有仙人走过　点化平湖中的山

拂去缥缈的仙境　现代化的海港

在粗壮有力的天马蹄上

在产业工人手里，化为新时代的神迹

辰光之门
（组诗）

辰光锦囊

时间是不存在的

一段段　黑胶的记忆

把心海的闸门封堵住

天黑天亮便悄然持续

辰光便静悄悄地流淌

辰光公平地在自然面前

如风般擦肩而过似水流年

ChatGPT 风一样地来了

如黑胶时代那样别样五色

你我都带不走一帧辰光锦囊

不变的唯一的永恒的珍贵的

只有不耽误不懈怠的劳动

风之子

从前有座山　山不在高

风之子伏羲降方坛之上

定东南西北　听八风之气

画八卦　纵目创太极图

北纬 30°

把胸打开　翻动地球仪

东八区便是北京时间

两条河流滚滚东逝

长江黄河从高原蜿蜒走来

还有自高原下来的人类

目睹了沧海桑田的黑发人

北纬 30° 似一条神秘丛林

喜马拉雅山 三星堆 马迹山

神迹如云 翩然舞动在天空下

上善若水 江河如龙般奔向海洋

唤醒东海深处的龙宫 天马向西飞驰

日行八万里 神迹缀满璀璨的星河

于是河出图洛出书 上止正演绎万年

于是一万年太久，唯有只争朝夕

千年前唐朝僧人文鉴丈量过嵊泗列岛

可是乘千里马而来 攀登过龙迹

千年后马迹山港再次天马行空

一座天空之城 钢铁工人们铸造龙迹

掀开神秘的北纬 30° 丛林面纱

奏响新时代新征程上一曲"马迹山之歌"

辰光之上

辰光静悄悄地从指缝间消逝

日出五龙海湾 金色欲滴

海港披上道道金色的霞光

映红了钢铁工人们刚毅的脸庞

抓斗机还在疯狂地起起落落

30 千米长的皮带机在港区间流动

又是一个不眠之夜　"胖船"又在靠港

哪一片霞光　燃了海港诗人的心曲

便让青春的梦想相拥着海风飞翔

鹰从辰光之门中来

鸢声淹没在繁忙如歌的辰光里久了

大鸟孤独地来　从辰光之门中来

孤独中还在彰显着高傲的神态

久久地在港区上空徘徊　不舍离去

许是这座天空之城让它留恋感动

抑或它想降在港区的某个角落

天帝从来都是降临的　如列岛的龙迹

其实钢铁工人们如鹰　管用养修一体化

他们来自祖国各地　鹰一般地坚守奋斗

一次次在包容和团结中创新着"龙迹"

从马迹山走来

距离多远才产生美　相由心生

这里是离岛　也称礼岛

嵊泗列岛由嵊山和泗焦成名

从 882 米长的港口工作区走过

一年四季　岁岁年年　日日夜夜

伟伟是开港操作抓斗机的第一人

他和傅可杰便在上海同窗一年

他们都是从马迹山走来的产业工人

如同嵊泗列岛，青年们来自五湖四海

日日夜夜　一年四季　岁岁年年

创业难　守业更难　最难莫过坚如磐石

校长陈耀忠带领他的团队　孤独中坚守

慢生活的微城里　他们是一道亮丽的风景

劳动者向山而行　劳作不舍昼夜

劳动者最荣光　最美丽的是他们灿烂的笑容

开友终日里巡查矿区　永宁"五小"中称雄

雪明在"最美办公室"演示智能化

方少和吴杰奋战在夜班生产作业中

长记胖嘟嘟的笑容里　写满后勤部的故事

……

最可爱的作业长同志们啊　你们如鹰

冶金运营服务　中冶宝钢因你们而不同

一幅"辰光锦囊"画作　一座天空之城

耀忠欣慰地笑了　同志们憨憨地笑了

笑声从马迹山港集合　溅落在春风深处

思念溢满海的每一滴泪光

（组诗）

海　很古老　也很浩瀚

山海相连　特提斯洋迷失在雪域

翻越高山　海把心海　眼海淹没

一

红色的　秋风中的八月

朝圣者的心　系在宽大的红场上

向革命导师行注目礼

莫斯科的风畅快地吹着

黑发竖起　红色的领带飞扬

253

眼海里浮现着电影中列宁的经典动作

列宁不止在十月　1989 我瞻仰了伟人

二

宽大的火车喘着粗气　北上

宽大的莫斯科车站　茨冈人来来往往

目的地伏尔加无缝钢管厂印象深刻

"24 小时横跨欧洲"　意大利援建

一车车满载物资　终日里来来往往

罗马　钢管厂　车体上的广告夺目

项目部内飘散意大利的文化气息

一幅精美的油画　一瓶品牌苏打水

三

轻轻地　穿越马马耶夫山冈

灵魂被执剑的母亲雕塑击中　肃立

英雄广场上　久久地仰望　凝视着"母亲"

山冈下的纪念馆内　保卫战厮杀犹酣

察里津　伏尔加格勒

时而和缓　时而湍急　历史散落伏尔加河

八月的风　吹散了浮云　红色金色沉淀

故事和故事里的人　厮守　搀扶中走远

四

江河是海的血管吗　四面八方汇集着

汇集中　东海　南海　西海　北海走来

拂去千年的迷雾和氤氲　神秘古老的东方

天地四方　九州之上　海的传说从未走远

北纬30°　充满了神奇　瀛洲千里马神迹上

陈耀忠率领千人团队　奋战在马迹山港口

坚守二十个春秋　海风中与离岛相拥入眠

五

千年前　文鉴诗僧云游东海　把胸打开了

嵊泗便是他胸中的那匹千里马　向西疾驰

马迹山岛　千里马的前蹄　踏出海的波浪

静坐在大悲山坡上　晨风飘荡　观东海日出

五龙湾的海水黝黯中变化　金色涂满　再浓烈些

鸟鸣叫着　海鸥飞翔着　心胸沉醉在晨光里

马迹山港在产业工人们整夜卸船后披上金色

六

海是静谧的　30 万吨巨轮驶来　由小到大

海浪如约而至　海浪可是海的眼泪吗

它在倾诉着一路奔波一路往事　抵达后奔流

检验检疫后　"胖船"舱口打开　抓斗机启动

当年　年轻的李伟伟便是开港第一船的工人

今天　李伟伟作业长指挥有序　两条巨轮卸载

新时代产业工人的代表　他的泪水饱含着海的眼泪

七

莫斯科是我世界旅行的第一站　莫斯科河很美

还是苏联的年代　城中的那片白桦林还在吧

世界是圆的　在菲律宾的百岛　巴西 RIO 望海

抑或在伊瓜苏瀑布　尼亚加拉瀑布　念太白先生

巴萨穆克的笑声里　自信强烈地冲击着心意

言为心声　是的　世界一直含着海的眼泪

月圆的那一刻　东方龙的传人的泪水奔流向海

八

躺在百岛的沙滩上　便置身于太平洋中了

站在树洞矿山之巅　青翠的山　奔腾的瑞木河

这里是南太平洋啊　坐南向北　思念着故乡

黑土地奔跑在故乡八月的风中　秋收季正浓

秋风中的云彩飘舞着涌动　那么有力　茁壮

把思乡的泪水洒落在咸咸的海水里吧

汇聚成海的眼泪　无畏地向着目的地故乡进发

九

再有十天　壬寅年中秋日便隆重登场

圆圆的思念　和满月一起掀动海的波浪

一丝丝思念溢满海的每一滴泪光　浪花做证

故乡说　八月十五云遮日　正月十五雪打灯

游子说　若虚之月心中意　奋斗扬帆万里程

八月　忘不掉马马耶夫山冈上英雄母亲雕像

还有五龙金海和大洋的那一边　巴萨穆克的笑声

辰光浓缩在秋叶里

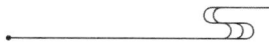

质感封在这片叶子的封面

筋骨清晰　行人不忍踩踏

凝视着　壬寅辰光重现

有多少邂逅可以重来

秋叶遮掩了天空　多彩的

晨光叠加中一片片梳理

心还在跳着　冬雨让位给蓝天

一步步向前　稳健且从容

258

端详着嵊泗地图　活脱脱的

一匹天马向着赤县的方向

奔驰着　千年之前或更久远

我们的先人们已把神话唱响

脚踏实地的产业工人兄弟姐妹们

坚守在天马的硕大蹄印上

风霜雪雨里　迎接彩色的"胖船"

一艘艘 30 万吨的铁矿石巨轮

882 米长的马迹山港口区内

井然有序　繁忙劳作中

朝霞和晚霞拥挤在海风里

北纬 30°　神迹之上

仰望星空的辰光里

坚守·安全·奋进的豪迈

汉子们沐浴在金海的朝阳里

离岛之歌

海岛不大　可用脚步丈量

天幕在悄然改变　海风来了

夜枕在海风里　晨和云相拥

离岛之歌　随着海岸线欢唱

天马行空的故事化为传说

神迹还在岛和岛间流逝

钢铁般的汉子们披着春风

马迹山港　繁忙的劳作笑傲黎明

每一步　都是平静中的绽放

如春花一样怒放　平静中归隐

每一步　都在坚守中成长

化为"马迹山之歌"动感的音符

平静地跳跃过离岛的海岸线

天空之城

辰光久了　不时仰望天空

可是天马飞过

我在马迹山港里走过

揽下一片云　涂抹心的孤独

离岛微城慢生活

嵊泗 404 座岛　孤独中站立

千年求败　笑拥海风

耀忠和他的团队也在孤独中

261

忘我地坚守　探取神迹

鸾声去已久　马迹空依然

唐朝人的视野过于平淡

君不见马迹山港便是天空之城

耀眼夺目　忠诚无限

君不见天马行空神迹翩翩

"胖船"穿梭　勇士们披风出征

疯狂的抓斗机日夜鏖战

又一次踏破黎明　三足乌观战

勇士们孤独吗　海风相伴

他们便是天空之城的雄鹰

向山而行　高傲地飞翔

未来已来
哪一站进港

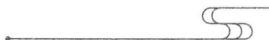

未来港　正一站站走来

地球仍在孤独地运行

一抹蓝色　钻石般闪烁

绿色的　低碳的节奏里

不停歇的仍是劳动者的奋斗

智慧运营减少了劳动者的脚步

不懈怠的眼光持续扫描

海浪声中　少不了奋斗者的身影

每一步　总是未来港的停靠

每一站　总有进港悠扬的长鸣

2023　便是与未来港的相逢

准备好了　未来已来

向山而行的汉子们

烟台覆盖在大雪里　冬至日

鲁宝钢管年修还在进行

产业工人们执着地劳作

哪句话语可以暖了心房

不耽误不懈怠的誓言铿锵

看着白雪飘落　似听见风吼

汉子们夜以继日地奋战

脚步不停　汗渍　油渍满身

一束晨光倾泻的片刻

也是胜利的歌声悠扬

高昂着头　列队再出征

齐心向未来

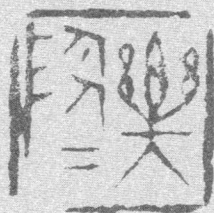

乐陶陶

青春在旋律里沸腾

金色的　红色的晨之旋律

在东海五龙湾　南海东山

和煦的风中　跳跃着轰响

新的一天总是崭新的

总与我们前行的步伐相约

挥一挥手　唱响青春之歌

奋斗者的背影　伟岸刚强

"海陆空"协奏曲旋律奔放

向海而生　李伟伟离岛中坚守

长三角大师工作室的旗帜飘扬

马迹山港　梦开始的地方

灵魂做证　彭军团队相拥长者

一步步　"上海好心人"接力

相助长者　无声中大爱无疆

南极太遥远了　陈忠仍在回望

两次南极之旅　怎样的艰难

汗水凝在风雪里　笑容酣畅

把作业书写在钢铁大地上

青春无悔　赵小龙铸就"火切王"

方寸之间拼搏　钢花飞溅

我是王　攻关"分离"摘国家奖项

弧线之上　陈标从东海到南海

四海为家　标哥奋进在蓝海

崇明岛的男子汉　笑声朗朗

弧光闪烁　卢长春笑傲疆场

大师总在笑容中拼搏奋斗

弟子们一个个成才　向上

空中战区　少不了汉子董富刚

宽大的厂区里　行车来来往往

三座"金牛"——摆放　诚信为王

几度风雨中　荡涤着灵魂

艰苦奋斗中　上善　昂扬向上

大海是蔚蓝色的　还有

金色的　红色的　多彩人生

总有前行者的脚步　奉献辉煌

挥一挥手吧　且让辛苦劳累

揉搓在奋斗者的心海泪水里

有一个好心人叫彭军

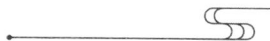

（组诗）

有梦想的人，梦境都是香甜的。

彭军微笑的模样憨厚且甜。

一

他从资阳的丘陵走来

那里村连着村

瘦小的模样　16 岁开始打工

第一站成都　挣钱养家

登陆上海滩时，彭军立下志愿

天下的父母，都是自己的亲人

这个青年炽热的心房

呼吸家乡文化的养分　坚强跳动

美德随行，如安岳石刻那样精湛

大众围观时，他挤入其中

老人跌倒时，他搀扶护住

多少个不眠之夜

彭军守护在陌生老人的病床前

多少次孤独的背影

贴钱付医疗费，献血，安静离开

上海浦东　月浦盛桥　大街小巷

彭军激情满怀地走过　留下

见义勇为　同吃同住　护理守望

一个个美好的"传说"　还留下

雷治寿　邹福麟　何美芳　周华德

严根兴　蔡俊达　徐如凤……

273

一串串被受助老人的名字　很长很长

每个名字的背后都是一段段故事

曙光医院旁的小花园　老人们排起队

这是彭军的"爸爸""妈妈"

肩痛、腰痛、腿痛　彭军义务按摩

再听他唱上一曲曲《父亲》《母亲》

二

做一件好事，并不难

"做好心人的动力，是弘扬社会的

正能量！坚持做就值得！"

彭军是个中年汉子　个头不高

身板敦实　笑容可掬　黝黑的脸庞

二十几年过去了　彭军在坚守

坚守着当初的志愿　风雨无阻

坚守有多难？彭军憨厚地笑了

有人说，他就是个傻子，爱管"闲事"

躲进小楼的人们，也关闭了"心灵"窗口

彭军总是笑呵呵的　双眼溢满祥和

美德之心是彭军执着前行的通行证

无须人性的校验、保险和签证

这是一颗美丽的心灵

美丽得令人心痛　精神却永垂不朽

三

彭军下了个决心　在人民大会堂

"用实际行动来回报这份荣誉"

全国劳动模范的光环

在大会堂的穹顶闪烁

还有他的家乡——四川资阳

还有他的单位——中冶宝钢

一个微电影《美德》网上热播

点击量突破 50000　新闻人物诞生

上海好心人　时代活雷锋

老年人的贴心大汉　工作上行家里手

"我扶老人从没有遇到过讹诈！"

彭军的声音传遍大江南北　掷地有声

一个实实在在的彭军　巍然站立

身后是他组建的"爱心小分队"

榜样的力量　可以融化万千冰冻的心灵

干一行　爱一行　钻一行

用自己的双手　创造社会价值

这是"贴心大汉"的宣言和座右铭

四

彭军是一种现象，更是向上的力量

历史是一段段奋斗者的故事

生命如歌，歌者坐如钟行如风

在彭军的视野里　万物从容

黝黑的面庞　微笑生成力量

他的故事如歌，唱起来并不从容

他的微笑甜美，容得下人间百态

他的行动坚实，撼动酷热和严冬

他的步伐矫健，梦想就是做个兵

堆积如山的废钢分选，彭军是个兵

我来，我来精心挑选，我能行！

剪切班作业，拆油管两面全是油

我去拆！　哪怕浑身都沾满了油渍

哪怕冬日里，穿一件衬衣，衣服湿透

油漆班，给汽车吊车叉车刷油、喷字

单宿管理：垃圾分类　我当志愿者！

疫情来临，大年三十起，六栋宿舍

两次消毒、两次测温、送餐、坚守

彭军，新时代的道德楷模

宁静地坚守在他的兵的岗位上

安静地来　安静地去

还有一个更大的"岗位"在等待

他和他的"爱心小分队"

宁静地帮扶相助　抚慰被受助者的心灵

岁月如歌　在阔步前行的新时代

有一个好心人叫彭军

有一个形象，平凡的工人，时代先锋！

海岛男子汉

（组诗）

陆域望海，大海波澜壮阔

东海最东边的嵊山镇观海

绝壁上的日出　雾海中的仙境

李伟伟是嵊山的一个"精灵"

一

李伟伟是聪明的

海岛出生　马迹山港工作

海岛人的憨厚、朴实、好客

演绎在他人生的路径上

18 岁那年　聪明开始迸发

那时，岛和岛之间是坐船的

那天，雾蒙蒙的，

父母模糊的视线里

伟伟摇摆着稚嫩　青春的手

向马迹山岛出发　路在脚下延伸

李伟伟是憨厚的

2000 年，高中生伟伟考入

宝钢马迹山港　第一批员工

岛上第一个赴上海宝钢

学习卸船机技术

365 天，憨厚的伟伟挑战

自己的极限　灯下忘我学习

父母的嘱托"好好学，好好干"

离岛便是晴天的日子里铭记

客船长鸣着，离开上海港的那一刻

伟伟深情地凝望着这座不夜城

这座熟悉又陌生的大都市

心情沉甸甸的　任泪水飞扬

一摞摞自己整理的教案

倒背如流　操作技法成竹在胸

马迹山岛，不足 2 平方米的操作室

在召唤　憨厚的朴实的新时代技术工人

二

14 岁考进县重点中学"嵊泗中学"

寄宿让身材瘦小的他学会了自立

洗衣服，食堂打饭，洗冷水澡

磨炼出独立、担当、负责任的个性

马迹山港打下第一桩的时候

伟伟还在初中学习　理想开始凝聚

六年之后　20 岁的伟伟，

成为港区开港仪式上

第一个卸船机的主操人员

"用抓斗卸载集货轮运来的铁矿石

每一分钟抓一斗，一抓斗就有 60 吨。

一台卸船机由 2 人轮流驾驶，

每人每天的抓取量在 1 万多吨。"

从驾驶室到货轮舱底　高度 40 米

上上下下，每天属于自己的操作室

一方天地，卸船机两条平行线轨迹

露天作业工作环境：40℃酷热高温

抑或8至9级的凛冽寒风

伟伟掌控手柄的是信心　毅力　责任心

首屈一指，卸船机实动能力与通算能力

母亲给伟伟准备的防寒衣裤

"厚得像在冷藏库里穿的"成为笑谈

勤奋学习，取得中央电大大专文凭

25岁的伟伟，成为中冶宝钢的作业长

让激动的泪水和汗水一起飞一会儿吧

海岛上的风懂得男子汉的心声

三

舟山出了一条很大的新闻

"李伟伟技能大师工作室"成立

风一般地传递，嵊山镇一片欢腾

伟伟的父母欣慰地笑了

七年时间随风而去

伟伟说："确实初衷比较迷茫"

迷茫是思索中的团团迷雾

穿越迷雾便是晴天

和宝钢股份"李斌创新团队"结对子

在现场、业余开展创新工作交流

在学习和探索中不断成长

"一个工作室相当于一个厨师团队"

目标锁定到米其林星级餐厅团队

伟伟的口头禅是，项目部领导帮助

研究、创新，形成一个个项目

输送带翻面的驱动装置及技术

平均延长输送带 1~2 年的使用寿命

减少输送带物料成本百万元以上

发明技术获国家实用新型专利

技术研发、技术攻关、技术协作

为企业人才孵化、科研创新和技术发展

工作室提供着不竭动力

伟伟说："中冶宝钢就是咱们的家，

工作室就是人才辈出的摇篮"

现场生产一线师徒带教百名以上

其中，2 名技师　高级工 51 人

未来已来。千万吨级散装码头智能

运维系统进行时　无人机在料场应用

实现料场智能化、无人化

系统 APP 投入运行，可以实时查看

生产全流程作业概况　米其林星级可见

四

2019 年的秋天，李伟伟开怀地笑了

首届中国长三角地区劳模工匠创新工作室

金榜题名　笑容很腼腆　海岛生长的汉子

37 岁的伟伟，稳重中不失憨厚、朴实

根红苗正　爷孙三代都是共产党员

"万艘渔船汇嵊山，十万渔民上战场"

爷爷当嵊山搬运站站长时见证过

而父亲 17 岁就成为嵊山镇

第一艘运输船的船老大

海风四季在嵊泗列岛吹过

记忆如雾海一样　涂抹中清晰

李伟伟，从一名普通的劳务工

起重机操作司机　成长为

中冶宝钢生产一线的管理骨干

桑海沧田　海岛三代人见证着

新时代国家港口物流运输工人

铿锵前进梦幻般的舞步

又是夕阳西下　伟伟深情地远望

似看见太阳下山后，父亲用井水

把屋顶上全都浇湿　铺几张席子

家人围坐吃着西瓜，眺望夜空中

漫天的星星　听母亲讲过去的故事

听着听着　在繁星包容下进入了梦乡

李伟伟是个男子汉了

嵊山镇的　舟山的

更是中冶宝钢的

南极，两次高傲地飞翔

（组诗）

一

陈忠三十三岁了，江南汉子

一阵风似的来　又一阵风似的挥手

梳理下时空吧

2014 年第一次远航

行程 163 天　目的地南极

2015 年 7 月　我们面对面交流

2018 年再次远航　131 天后归来

2019 年 12 月　我们促膝交谈了良久

阿军是曾祖母独有的称呼

纪念陈忠的堂爷爷　一位红军老人

陈忠，腼腆的，白净面孔　一副眼镜

衬出一个江南书生的经典形象

陈忠，活脱的，笑容可掬　说话干脆

走路风风火火　青春的梦想强大

他说，爷爷和父亲都是弹棉花的

无为的老宅翻新了，是堂爷爷的

挑一份去南极的工作　这就是陈忠

两次随国家科考船向南　穿越赤道

向南　在南纬 40°　咆哮西风带上跳舞

清秀的陈忠比画着上升和降落

毕竟经历过难忘的复杂的痛苦的

南极之旅　毕竟是代表国家出征的

晕倒了，也要顽强地爬起来　抖擞精神

其实，船刚驶离上海港就开始晕船了

坚持、再坚持，越过赤道才开怀大笑

陈忠看到了什么　又想到了什么

二

冰天雪地　海拔 4087 米　南极昆仑站

陈忠心中默念着"爷爷，阿军到南极啦！"

骨子里不服输的气节　深呼吸吧

满目白雪皑皑　唯有鲜艳的国旗招展

中山站五天五夜卸载设备

内陆出发基地集中

雪橇车队一路前行 15 天　1300 公里

陈忠驾驶着 CAT 拉货橇　拖拉机一样

声音和着强劲的风一起歌唱

红军爷爷当年艰难岁月的画面

抹不去的总在脑海中浮现

孩提时代总是缠着爷爷讲新四军的故事

雄赳赳气昂昂就是刚直不阿的爷爷

打下江山　一挥手就回到老家务农

昆仑站坐落在前方　冰天雪地之中

气温零下 45℃打开设计图按图索骥

287

行前旅途上在脑海里研习了无数回

对着并不陌生的现场　队长陈忠笑了

在国内预组装时解决了图和实际不符问题

缺氧带来的头痛，举目无亲的荒凉

想到红军爷爷　想到庄严的使命

咬着牙调整适应，少动，不超负荷工作

三天后一项项工序顺利推进　抢在风暴前头

暖暖冻僵的双手　捶打下防护罩下的伙伴

互相鼓励　只需一个眼神和笑容

设备安装如期在 20 个工作日内圆满完成

科学家们笑了，陈忠笑了　昆仑站内笑声连连

三

拉萨和纳木错湖的风景

一直封存在阿军的记忆深处

晨起在拉萨河边跑步十公里

在纳木错湖边进行高海拔适应力

高原上，阿军经受着严格的考验

阿军是风　阿军是苍鹰　仿佛

红军爷爷的倔强执着精神附体

在阿军九岁时　红军爷爷安详离世

一遇到困难　就会想起红军爷爷慈祥的笑容

高原反应　挺得住，三天适应

跑步考核　争上游，力拔头筹

一切为了中冶宝钢　我是苍鹰我是风

四

"雪龙"号科考船与冰山相撞

牵动着国人的心　还有陈忠的亲人

船在阿蒙森海密集冰区航行

浓浓的雾像上了锁一样　把天锁上了

船艏桅杆及部分舷墙受损，无人员受伤

陈忠十岁的儿子　眼巴巴盯着新闻

南极中山站建立时　陈忠只有两岁

26年后，29岁的青年陈忠来了

这是他第一次出国　领队和担任项目负责人

几年后，陈忠再次在中山站码头登陆

儿子说，"爸爸，南极很冷的，注意保暖！"

陈忠的心头一阵暖流　拥抱着儿子

陈忠是霸气的　两次出国都选择了南极

陈忠是幸运的　有着贤惠的同乡夫人

陈忠是不普通的　上海理工大学管理工程硕士

穿戴好衣服，戴上保护面罩　船到岸了

极地的风呼啸着扑面而来

这里是南极　这里是中山站码头

目的地，泰山站　相距 520 公里

不远处　三五成群的阿德利企鹅出现

海狮嘟嘟囔囔地爬伏在雪地上

贼鸥诡秘地叫着　盘旋着飞翔

陈忠驾驶着 PP 雪橇车　拉着生活舱奔驰

能源栋建设　工期 45 天　提前 7 天完成

科学家们洗上热水澡了　陈忠开心地笑了

风暴来了又去　性格必须是风　行动则如苍鹰

挖好的基坑很快被暴风雪覆盖了

望着昏暗的天空　陈忠动员着队员

再次抢在风暴来临前　挥汗如雨

站长和科学家们感动了　中冶宝钢，好样的！

五

青春是如此绚丽　两次难忘的南极之旅

红军爷爷是老兵　更是陈忠精神世界的定盘星

一想起曾祖母叫的一声阿军呦

陈忠的心头铺满浓浓的暖意　任凭南极再冷

陈忠安静地坐在室内　望着上海的天

"南极一周有四天就是这样

还有三天太阳高照　蓝天无云"

平静的心态　像极了江南先生

"我也是一个兵，再去南极，我还行！"

陈忠是风　陈忠是苍鹰

南极，两次高傲地飞翔

飞翔之上，还有新时代青年知识分子

那颗睿智朴实、晶莹剔透的良心

钢花里飞溅出
幸福之歌

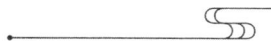

（组诗）

望江　站在大茗山上便可观长江

余埠　距离长江直线不到 3 公里

一

赵小龙说，祖辈是从无为迁徙过来的

当年家族逆长江而上　陆地或是船行

名字里带龙　这是父母寄予的厚望

19 岁　小龙从望江县第一中学高中毕业

半年时间　眼神望着母亲　姐姐和两个妹妹

父亲过早地离去　小龙挺直了腰板和胸膛

早春二月　毅然决然地去杭州打工　养家

二

离开家乡的那一刻　母亲流泪了

母亲和姐姐妹妹们相送了很远　嘱托连连

直到火车消失在阴冷的春风深处

小龙说　家里的水田都对外承包了

当个工人　有一份稳当的工作就是心愿

杭州　浦东　松江　中冶宝钢　直到"火切王"扬名

500公里之外　一步步坚定地走过　没有口哨声

三

古汉语安字　由房子和女人构成　千古延续

小龙的妻子是中学同学　儿子也是一位工人

安居乐业　小两口给母亲在家乡建了房子

龙潭已越千年　赵小龙从这里出发　一路成长

穷人的孩子早当家　赵家郎成为同行中的翘楚

从厚板部"微光人物"到宝钢股份"最佳践行者"

293

从"全国五一劳动奖章"到中冶宝钢品牌人物

四

罗泾四米二厚板做起　小龙"掏空了"师父的绝技

稳扎稳打　对自己的工具切割小车爱不释手

"小乌龟"有三十斤重　小龙抱着　意气风发

厚板由"空军"　行车调过来　小龙说自己是"陆军"

船板　结构钢　按照合同尺寸切割

绕着三十公分高的枕木上　平均十米长的厚板

测量　放线　观察火焰强度　每天下蹲三百次

五

厚板精整区域　开阔的作业区

四个班组同时作业　钢花飞溅出春夏秋冬

每一天　在钢板边上步行二十公里

"小乌龟"一开机便是两个小时　停顿半个小时

无比珍贵的时间啊　喝口热茶　吃口热乎的饭菜

一个班下来便要十一个小时　小龙说得很平静

从普通一兵到经验丰富　从技术能手到"火切王"

六

家住安徽安庆　安庆市望江县　武昌湖畔

雷池　祖辈当年迁徙时便在此止步了

不敢越雷池一步　摇响望江的山水和人文

当年跟着小龙走出家乡的兄弟们　春节相聚

还有带他出徒的师父　小龙心中时时挂念

兄弟决定离开了　也要找到小龙相诉

小龙百倍珍惜来之不易的稳定生活　信心满满

七

赵小龙是个奇迹　一个农家郎成才的佳话

赵小龙有个超强的大脑　火切技能鳌头独占

赵小龙是新时代的工匠　专注　干练　行家里手

小龙坐在上海的家里　可以眺望长江

逆江而上　500公里外　在长江悠扬的弧线上

便是望江县余埠镇龙潭，他出生的地方

每当夕阳西下　小龙总是牵挂着家乡的母亲

八

小龙个子不高 却是厚板精整区域的一条龙

火切产量月增百分之五十 合同完成几近百分之百

名副其实的火切王 善于总结"听声辨气"氧气调节

不懈地钻研 复合轧制工艺生产特殊钢

钢板弱结合无法分离难题攻克 国家二等奖

2022 年抗疫保产 小龙连续驻厂八十四天

物流 切割 质量 小龙的团队行云流水屡创佳绩

九

2021 年的春天 赵小龙十年一剑 载誉新华社全媒体

现象级传播 单日受众点击量突破一百一十万

赵小龙是中冶宝钢的骄傲 荣膺上海市劳动模范

春天的脚步铿锵有力 劳模劳动工匠精神再度起航

产业工人大军抗疫保产中坚守 安全 奋进

几度风雨长江过 小龙舞动"火切王"

500 公里外 家乡的母亲 亲人们深情地凝望

弧光之上

（组诗）

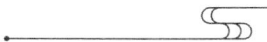

卢长春享受着每一次焊接的过程

他是焊接工匠　大师　更是一位导师

一

2016 年　卢长春的又一个高光时刻

他喊出"中国气质"　首批"上海工匠"加冕

工匠精神必须是"中国气质"　落地有声

少年时代的梦想　慢慢地实现

长春从遂宁蓬溪县出发　一路向东

忘不了父母的支持　喜欢鼓捣电子产品

初中时自己组装了台卡式录音机　父母笑了

二

遂宁县招生了　长春说自己喜欢电工

姐姐说带个电字　长春便成为一名电焊工

多年后　卢长春坚持认为培养孩子爱好很重要

培训了一个月　长春跟着师父苦练焊接技能

夏练"三伏"冬练"三九"　干了就要干出名堂

武汉　参加全国冶金系统焊工比赛第二名

再战上海　全国冶金系统焊工比赛拔得头筹

三

焊接是把金属连接在一块　也称"补缝"

提起曾乐　长春虔诚地说"那是一代焊神"

曾乐是中冶人的骄傲　世界著名"补缝"专家

长春的工作照里　专注的眼神令人难忘

他说　焊接的乐趣便在于努力的过程中

焊缝　有的堪称艺术品　为什么　如何做到

长春对焊缝的痴迷　成就了这位焊接大师的诞生

四

蓝紫色的弧光是美丽的　而这背后便是

艰难的鏖战　铜与钢的焊接难题　长春迎战

用自己研制的焊枪　克服作业环境狭小　70℃

焊接点工作温度　一个半小时修复铜板裂纹

卢长春创造了太多这样的首次　玉钢齿轮板修复

"烧结机大型星轮齿板焊接修复技术"论文效应

钢厂找上门来　更换焊材　降低了成本　钢厂满意

五

卢长春是典型的四川人　耿直倔强

他说我就是一个搞技术的　行就是行

钢铁企业超临界锅炉焊接　铜板　铅板　钛板焊接

这是长春的强项　"鸟巢"国家体育场也有他的贡献

参与大型钢构厚板焊接工艺研制与焊接

长春说　焊接有着它的不可替代性　便是我的责任

"异材焊接大师"实至名归　那是他的荣光时刻

六

卢长春专注　钻研　始终对挑战充满期待

宝钢股份二炼钢锅炉管道焊接　他赢了日本人

高薪聘请来的　却只能焊接半面　长春完成了作业

卢长春惯于思考　话语不多　总是面带微笑

焊接是技术活　更是体力活　青春在弧光中流逝

长春说　前不久又焊了一个通宵　直径三米的管道

驰援兄弟单位　人手不够　小伙子一般顶上

七

2006 年　"卢长春焊接培训工作室成立"　露天操持

十年磨一剑　如今桃李满天下　徒弟王光辉

成长为技术骨干　获上海市优秀农民工荣誉称号

王光辉　王悦　黎庆　蒲彦龙等　传承着工匠精神

我问过长春一个问题　普通员工到工匠要几步

坯子最关键　长春坚定地回答　也就那么五步

吃苦耐劳　比武优胜　独当一面　不断进取

八

果然是大师　卢长春的回答富于哲理和想象

长春驰援重庆公司近一个月了　还在转战中

长春说一直思考焊接的智能化　自动化

若都是规范的　批量的　自然没有问题

激光焊接成本高　满足不了实际中的检修变动

未来已来　钢铁企业智能化　绿色化　低碳化

如火如荼般推进　卢长春感受到了压力

九

2022 年　卢长春荣获中国五矿集团特级技师称号

三十年如一日　忘我地奋斗在工作岗位上

读长春便是读大国工匠　品长春身上的中国气质

根植于生产一线　破解一个个焊接技术难题

笑容满面的长春更像极了一位导师　弟子众多

焊接技术资料　发明专利　改进工艺　省部级工法

中冶宝钢的一笔宝贵财富　弧光之上　长春笑傲未来

陈标，革命的一块砖

（组诗）

陈标是中冶宝钢的一块"活化石"

畅游在冶金运营维护市场的红海里

一

四海为家的人需要胸怀　还有文化自信

快人快语的陈标　心中维系的就是企业

如何感化业主　如何开发出优势项目

冶金运营服务　因中冶宝钢而不同

陈标说　做不同　就是管用养修一体化

检修　设备管理一体化　这需要大智慧

三十五年了　陈标一直在红海市场中向前

二

东海瀛洲崇明岛　一批有志青年云集上海

陈标便是其中之一　走上技术工人之路

陈耀忠说　陈标性格耿直　肯钻研　凝聚力强

挺进东海马迹山创业的"七君子"他俩便在其中

二十二年了　耀忠仍在离岛坚守　陈标还在开拓

陈标创建综合性轧运队　源于马迹山项目部的业绩

似听到了南海的呼唤　他抢滩在湛江钢铁市场登陆

三

从东海马迹山到南海湛江　陈标画了个弧线

摇曳在四季的风中　一个男子汉的标格

"好男儿志在四方"这是陈标的座右铭　他做到了

徐徐打开　读陈标这部书便是部企业发展史

马迹山　上海　湛江　荆州沙市　防城港

心随着陈标的足迹而动　时空在悄然间走远

不变的　是一颗对企业忠贞不渝的赤诚之心

四

几度风霜雨雪　陈标多半开着自家车在路上

陈标说　就是这样　一切为了中冶宝钢

争市场看现场　一定要做好每一个在手项目

尽全力感化业主　让每一个业主为我们说话

提升服务能力最重要　做到让每一个业主满意

家在上海　陈标的心却扑在一个又一个项目上

女儿陈璇一路成长　在知名企业做市场总监

五

无论是筹建一个又一个项目部　抑或做队长

陈标的工作目标笃定　从容不迫　组织力强悍

2015 年 10 月的每分每秒　陈标都记忆清晰　难忘

"9·25"湛江钢铁一高炉点火的日子　陈标获二等奖

10 月 4 日　史上最强的台风"彩虹"直面袭来

码头四台卸船机倒在水里　抢险队队长来了

陈标四天三夜不合眼　坐镇指挥　笼子里水下切割

六

高效　25 天完成四台卸船机拆除作业　赢得时间

创造出中冶宝钢速度　乐江同志满意地笑了

台风后一片狼藉的湛江钢铁厂　高炉抟歌向天

不经历风雨　怎么见彩虹　"彩虹"台风终生难忘

陈标一语道破　中冶宝钢品牌的品质所在

快速反应　精兵强将　为业主着想　辛勤付出

广州打捞局局长　政委连说　中冶宝钢了不起

七

冶金运营服务业界　陈标是响当当的"标哥"

陈标是革命的一块砖　哪里需要哪里搬

2018 年　陈标三人组挺进广西防城港

又是一片热土　规模逐渐壮大　现达 1400 人

陈标又是善于管理的队长　物流成品大队

风清气正　勇于担当　连续四年"双文明先进"

敬业　忠诚　团结　进取　带出一流的团队

305

八

八千里路　形容前行道路的遥远和艰难

陈标说　自家车坏了一部　又买了个新的

说着乐着　新车又开了三万公里了

革命的乐观主义　豁达的性格和境界

忠诚于自己的岗位　忠诚于自己所在的企业

忠诚于自己服务的对象　陈标的"三忠诚"

是一个钢铁般的男子汉　敬业的铿锵诺言

九

来自崇明岛　陈标属羊　更是市场开拓的领头羊

他来自生产一线　激情满怀　深爱着钢铁大地

讲陈标　他演绎着红海市场中跌宕起伏的故事

对过往友人的尊重　成功闪耀在美丽的弧线深处

东海离岛马迹山　南海湛江钢铁　北部湾防城港

人生能有几回搏　陈标每一次亮丽的转身

总有丰富的项目成果　还有令人难以忘怀的往事

牛人牛事董家郎

（组诗）

钢铁般的汉子董富刚　率领着

他的金牛作业区兄弟姐妹们前行

一

董富刚穿着一身工作服　风尘仆仆地

来到办公室　我们约了几次　来了

精神　干练　宝钢股份厚板精整区域作业长

再过八天　富刚便三十七岁了

一个标准的山东汉子　声音纯正　洪亮

1985 年 8 月 19 日　山东临邑董家寨生人

富刚说　祖辈是从山西洪洞大槐树迁徙来的

二

古时牛代表着丰收吉祥　临邑别称卧牛城

董富刚属牛　在黄泛平原上茁壮成长

18 岁　从德州第三职业中专学校毕业

第一站济南务工　眼光紧盯着东海之滨上海

领队是个转业兵哥哥　带着 19 位青年南下

都是中冶宝钢定向招的新兵　富刚还不到 19 岁

多年后　富刚还记得兵哥哥的话"干出成绩来！"

三

时针滴滴哒哒　绿皮火车咣当当着前行

董富刚第一次离开家乡　12 个小时的行程

想到了很多　瞪着眼　辗转反复难以入眠

上海　我来了　中冶宝钢　您的新兵来了

培训后上岗　一名行车工　我骄傲　自豪啊

"老老实实做人　实实在在做事"　父母的叮咛

两年后历练成班长　带起 30 人的团队

四

三年后　董富刚 25 岁　成长为一名作业长

这一年　儿子降生了　董时泽又是一头小牛

富刚说　来上海 18 年　只有一个春节在家乡过的

每次回家探亲心切啊　乘高铁了还嫌它慢

母亲几年前遭遇了车祸　父亲来上海住过　不习惯

卧牛城走出了牛人董富刚　同乡的夫人笑逐颜开

上海市劳动模范　上海市优秀农民工个人

五

不想当将军的士兵不是一个好士兵

董富刚也许没这样想过　他的作为则是实证

连续三届宝钢股份金牛作业区　从第一届开始

仅仅是他属牛　来自卧牛城吗　密码是"诚信"两个字

董富刚最大的牵挂便是他的 184 位兄弟姐妹们

诚信是富刚的人格魅力　更是他的工作定力

心志专一　诚实不欺　众星伴月般　团队健康前行

六

宝钢股份的金牛作业区　协力单位向往　仰望

2016　2018　2020　董富刚的团队一直在持续发力

富刚说　现场办公环境　有序　员工综合素质　知晓度

现场作业规范　扎实　听起来易　做到了难上加难

就是这样的举重若轻　就是这样的淡定从容

班组文化是企业文化的细胞　作业长则是灵魂

普通员工做起　当过班长的历程　富刚懂得如何带兵

七

富刚说　以心换心可以赢得员工　是谓诚

换位思考　用自己的心得去说服每个员工　持续校正

富刚说　敬业之心常在　办法总比困难多

现代化钢铁企业生产不停　产业工人的作业不耽误

壬寅年的抗疫保产　董富刚驻厂带领着队伍奋战

当班长时，每天 5 分钟的班前会　盯紧员工的精神状态

当作业长的体会　时而心累　每天 24 小时　靠敬业和忠诚

八

董富刚久久地凝望着窗外　长江上万吨轮驶过

他在想着什么呢　上海滩奋斗 18 年　儿子 14 岁了

当年跟随兵哥哥南下的兄弟们　留下来的不足十人

大浪淘沙　富刚极富朗诵天赋　是朗诵协会的主力

他说　今年一直驻厂　带着兄弟姐妹们坚守鏖战

滚滚长江东逝水　富刚践行了"干出成绩来"的诺言

富刚三次诵读品牌文化倡议书　中冶宝钢品牌人物

九

董富刚的成长路径那么明快　那么清晰　充满力量

董富刚　一个山东大汉　文化和忠勇并重　阔步前行

骨子里的忠诚　激情澎湃的热血忠诚　敬业爱厂如家

卧牛城向南　900 公里　青春之力　青春的弧线

奋斗　是富刚坚守上海滩 18 年的动力　家乡族人的骄傲

钢铁是国家的"工业面包"　钢铁的生命在于产业工人创造

画面渐渐清晰　董富刚和他的兄弟姐妹们"坚守·安全·奋进"

笑声飞扬
醉了山河

（组诗）

多年以后　登顶的我们

引吭高歌　英雄鼓舞了你我

一

七月天空的哪一片云朵

绽放的笑声里　醉了山河

向山而行的冶金运营服务大军

大汗涔涔　滴滴汗珠溅落

扬起青春长河中无悔的风帆

金色的黄色的蓝色的　执着　纯朴　梦想

黑黝黝的面庞涌动红色的赤诚

二

李伟伟　海岛男子汉　舞动马迹山港

米其林星级餐厅的视野里　创新工作室

闪耀在长三角的弧线上　工匠文化明珠

五龙湾的海水　金灿灿的　太阳东升

作业区带着问题　敲响工作室的门

研究　解决问题　作业区里一片喝彩声

劳模工匠创新工作室　中国长三角的

三

彭军说　我是一个兵　敬业忠诚

二十多年了　上海"好心人"孤独中前行

陈忠是一只苍鹰　两次在南极上

无畏勇敢地飞行　在世界上最冷的地方

勤恳地工作　航行复航行　向南还有向北

依靠学习　陈忠踏实工作　项目经理磨炼

转战福建　江苏　上海　同事们称赞　真行

四

赵小龙笑起来是腼腆的　话语不多

班组文化的先锋　宝钢股份最佳践行者

30 多斤重的火焰切割机　小龙的宝贝

经验丰富的底层　苦练　用心　创新

"听声辨气"氧气调节　赵小龙的专利

师徒带教　手把手带出 24 位高徒

赵小龙是安徽安庆的　小龙的名片响亮

五

卢长春的笑容是甜蜜的　灿烂的

遂宁的汉子　每日骑着电瓶车上下班

单程也得 20 里路　思想也在路上形成

1999 年　雄踞全国冶金系统焊接魁首

2007 年　赶往北京焊接"鸟巢"异形钢管

2008 年　"卢长春焊接培训工作室"启动

2022 年　长春开怀大笑　五矿特级技师

六

陈标是来自上海崇明的一只"羊"

同事说　他是革命的一块砖　需要便搬

冶金运营服务　因中冶宝钢而不同

陈标便是开拓市场的"领头羊"

马迹山　沙市钢管　湛江钢铁　广西钢铁

一道道亮丽的弧线　一片片火热疆土

忠诚是陈标的名片　岗位　企业和东家

七

董富刚　典型的山东大汉　声音洪亮

19岁　从临邑农村出发　目的地上海

行车学徒工　向着作业长一路奋进

9个跨27台行车运行路线纳入岗位流程

全员待机超过5分钟再作业　起身指唱

每周深入夜班班组班前会　嘱咐叮咛

山东小伙子　目光笃定　钢铁般的汉子

八

七个男子汉　中冶宝钢品牌人物

敬业　忠诚　团结　进取　中冶宝钢的

新时代一线产业工人的杰出代表

劳模精神　劳动精神　工匠精神

因一线产业工人默默无闻的奉献而伟大

因品牌人物们夜以继日的劳作而光荣

风景这边独好　最酣畅的新时代清风

九

他们是榜样　榜样的力量　誓言永恒

他们是翘楚　每位员工心目中的英雄

赵小龙的班组文化是优秀的　默默奉献

李伟伟的工匠文化是无形的　创新无声

执行力文化　品牌人物脚踏实地　证明

合力托起吧　安全文化　铁腕管控

安全只有安全　唯有安全　铁一般的使命

『四合院』里见国强

红伟说杨国强　滔滔不绝地

皮带硫化品牌　徐徐地走来

"真的是一块大宝贝啊"

参观了"四合院"作业区

国强更是滔滔不绝　脸上

满是坚定中的自信　令人尊敬

滔滔不绝是一种力量的展示

工匠国强敞开了胸怀

故事里的内容信手拈来

弟子们出徒了 走向大江南北

国强的看家本领赢得东家的尊敬

午后 我们畅谈着中国钢铁文化

一个活脱脱的甲骨文"铸"字

化为"钢铁文化"的核心要义

那个匠人 便是眼前这位

受人尊敬的 才智满满的

笑容可掬的北方汉子 杨国强

再次诠释"因中冶宝钢而不同"

壮志凌云的 鳌头独占的佳作

皮带硫化品牌 因国强而不同

我的兰科兄弟

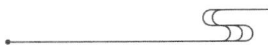

在大上海干了廿八年

琢磨了半个月　家庭会议

做出举家奔赴东海岛的决定

这是一个艰难的决定

选择永远都是艰难的　山东大汉

王兰科携妻带儿南下湛江

"壮士断臂般"　义无反顾前行

在这片红土地上落户

打造崭新的火红的年代

迁徙似有一种魔性

属于山东大汉专有的特权

老伴辞掉了工作　儿子儿媳

跟着王兰科一路南行

兰科的视线里　湛江钢铁

冶金运营服务　因中冶宝钢而不同

我的兰科兄弟　中冶宝钢

因你的艰难决定而出彩

兰科说　父亲是一位军人

如今　上阵父子兵

这一切　兰科是那么果断

那么从容　"孙子大了，

也让他来咱中冶宝钢上班！"

"有多少作业可以重来？！"

不停地问　不停地想

作业区文化的生命力

这一刻　因王兰科而茁壮

东简镇上　一隅居室

父亲　儿子儿媳居住

"拉呱"一段工作体会

再和老伴　孙子来段视频

孙子说，"爷爷　爸爸　妈妈

我和奶奶在城里想你们了！"

诗卷长留天地间

赏心乐事

君行早，保重平安

平平淡淡地生活

把日子捻成段段记忆

想象着美好的那刻

咀嚼成大白兔的味道

大城还是那个大城

江河还在顺流而下

平　上善若水

安　祈福顺利

且把平安系在腰间

325

君可见，一线产业工人们

为了祖国的"工业面包"

钢铁工厂里　日夜鏖战

疫情当头　高温来临

4600 名将士　战犹酣

人的安全　厂区里两点一线

生产安全　师徒带教

盯紧危险源识别　每时每刻

都铭记　远离危险这"千渊之源"

苦了累了　就吼一嗓子

我们是冶金运营服务的王者

再苦再累　也要抓抗疫促生产

我们是雄鹰　高傲地飞翔

设备安全　生产顺行　每时每刻

都有我们鹰一般的双眼

我们是强者　铁一般的意志

"国内第一、国际一流"

厚重的班组文化　特色的工匠文化

强大的执行力文化　托举起

新时代中冶宝钢的安全文化

铁一般的纪律　奏响吧

产业工人们火红的第五乐章

钢厂内　君行早

保重　平安

倾听着劳动者的步伐

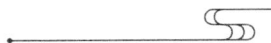

放眼望去　彩色的万吨轮驶过

长江滚滚东去　劳动进行时

彩色的工厂平静中忙碌着

壬寅年连着癸卯年　日月交替

生生不息的　唯有劳动者的脚步

现代化工厂里　绿色的　彩色的

深呼吸　银色的管道延伸

花园工厂供应着"工业面包"

产业工人们 现场朗朗宣誓

"安全第一 违章为零"

"安全第一 违章可耻"

"中冶宝钢 钢铁报国"

这是宣言更是呐喊 声音洪亮

工器具定制管理一一展现

那样的整齐划一 一目了然

重复性的劳动 需要激情点燃

在每个车间 每个工段

谨记在心的还是那句老话

没有安全便没有一切

百般叮咛的只有为了安全

朝阳抑或晚霞相继登场

我们是冶金运营服务的王者

我们在钢厂的运行永续向前

一把尺子

天天向上　把守自己的岗位

一把尺子　共建的脚步不停

尺子的标准衡量着每一个作业区

"金牛"一个个骄傲地笑傲蓝天

泪水孤独地　在片刻安静的辰光里

在作业长的"鹰眼"里流淌

2190 个日日夜夜　一刻不懈怠

不耽误　每个晚霞、日暮深处

站直了！我的班组我的兵

抖擞精神　盯紧任务　出征

我是中冶宝钢的员工

扬弃"焦虑"　放松心情

油渍是我劳动的符号　精神

是我心中最快乐的意志之境

做不同　我的班组个个如鹰

这把尺子便是工作的标准

一体两面　相伴成长

一起测量起吧　如花的钢铁企业

几百个作业区内　"精气神"升腾

旗帜飘扬　"蓝天保卫战"誓言铿锵

五言律诗·班组

健康心态好，

班组有新兵。

维检如鹰眼，

安全责任明。

合格兵一个，

工友讲包容。

危险排除掉，

战旗现场擎。

五言律诗·工匠

铆电焊车钳，

技能样样精。

师徒传到位，

起重有真功。

勤奋十分力，

冠军赛场赢。

鳌头独占勇，

工匠始先锋。

五言律诗·执行力

执行谨细严，

态度保初衷。

雷厉风行好，

安全相伴行。

团结齐努力，

纪律始严明。

作业旌旗展，

精神状态灵。

五言律诗·安全

有家慈母居，
字意古今传。
兴旺家和美，
妻儿心里牵。
山顶人恐卧，
山下有人喊。
牢记安全课，
险危规避安。

健康细胞

两个人便构成班组了

产业工人军团最小的细胞

可有更多的工人兄弟姐妹们

班长大声地吼着　唤醒激情

每个人"精气神"饱满　出征

一个个班组在行动　构成

一条粗壮的军团血脉

厂队长　作业长　班组长

一个个强大的攻坚兵团

不是战争却胜似战争

一个个整装待发的团队

一场场没有硝烟的斗争

"危"的词意是居高临险

"险"则是三个人困在山中

没有危险便是安全　危险源

远离这一个个"千渊之源"！

安全意识挺起强大的意志

年修　检修　一小时呼出抢修

冶金运营服务　技能再提升

传帮带吧　因中冶宝钢而不同

班组长说　我们是健康的细胞

比学赶帮超　我的班组我的兵

点亮 长明
中冶宝钢的安全之灯

（组诗）

最美的坚守　百倍的安全　执着的奋进

做新时代新征程上最可爱的中冶宝钢人

一

我们为钢铁而生，向山而行

长长的生产线啊　不舍昼夜地巡视

鹰眼般坚守　盯紧设备参数的异动

年修　定修　1小时呼出抢修

一天也不耽误

一天也不懈怠

我们　我们是新时代最美的产业工人

二

我们是兵　中国五矿的　中国中冶的

美好中冶宝钢　我们共同见证

父辈如山　青山　大黑山　宝山

我们根植于长江　不畏艰险　一路辉煌

父亲和母亲喜爱的三种花

梅花　木棉花　玉兰花　心海中怒放

花香飘满父辈们的笑容　永远年轻

三

我们是美好中冶宝钢的兵

国内第一　冶金运营服务界的精英

可听到马迹山港 30 万吨巨轮的声声长鸣

五色矿石啊　夜半或是黎明　总有李伟伟的身影

世界级一流伟大企业　宝武的高炉群传歌

大江南北　几百个作业区啊

我们闻令而动　任劳任怨　铁一般的担当

四

我们是班组长　也是最强的兵

和太阳一起上岗　整装列队

晨光沐浴着每个队员的脸庞

班前会上　班长的目光炯炯

明确任务　安全是殷殷嘱托　更是铁一般的命令

精气神要饱满　一个都不能差啊

听好　站直了　我的班组我的兵

五

我们是兄弟连　孙兵是个多能工

换滑板　装水口　投砂　出钢　立位

专班奋战 100 多个日日夜夜

夜半的电话　妻子哭诉孩子病了看医生

作业长　班组长　战友们伸出援手

安排好了！钢铁般的汉子　热泪盈眶

还有电话那头　妻子喜极而泣的笑容

六

最美的坚守　伟大的逆行

钢铁是共和国的"工业面包"

抗疫保产是中冶宝钢神圣　庄严的使命

专班　两点一线　铁一般的意志　铁一般的兵

父子齐上阵　父亲嘱咐须百倍安全

儿子说　爸爸是我心目中的英雄　我能行

须晴日　再听一曲父亲醇厚悠扬的歌声

七

我们是中冶宝钢的兵　兵有兵的荣光

我们是设备保驾护卫队　不舍昼夜

我们是先锋队突击队　一线产业工人

文化若水　上善　自信为磐　坚定

班组文化是中冶宝钢文化的细胞

班前会　班中会　班后会　会会叮咛

铁腕管控　没有安全便没有一切

八

卢长春也是一个兵　技术兵

提着焊枪进京　焊接"鸟巢"

指导的学员在第 42 届世界技能大赛上称雄

"卢长春焊接培训工作室"　十年一剑

长春说，技术兵成才关键只有几步

首要的是坯子。团结　忠诚　敬业　进取

"异材焊接大师"　五矿集团特级技师　登顶

九

我们是中冶宝钢的女兵　英姿飒爽

雄踞热轧区域操作工的"半壁江山"

坚守岗位　和钢铁般的汉子一样

如花木兰一般果断　毅然前行

"女汉子"王利敏　执两台行车作业

超常规　超负荷　获得高度认可

巾帼不让须眉　壮哉　抗疫保产的女兵

十

干脆的表达　没有危险就是安全

不存在隐患　不存在风险　不存在危险

都是安全意识的盲区　都是我们的敌人

时时刻刻警醒啊　危险源这"千渊之源"

现代化的钢铁企业　人机交互作业

严肃　严格　严谨按流程、规范操作

容不得片刻疏忽　大意　止步于危险　永远

十一

爱是人类最美丽的语言

劳动者最美丽　劳动者最可爱

管理者　作业长爱惜　爱护每一个班组

青年员工岗位上历练　百炼成才

中冶宝钢战略引领　纪律严明　文化支撑

认真负责　严谨严细　雷厉风行　令行禁止

铁一般的执行力　心无旁骛　勇往直前

十二

竹报平安　每一封家书都沾满泪水

家人也终日里北望着宝山基地

向山而行的冶金运营服务军团

青山　梅山　宝山　东山　岚山……

我们　我们是战天斗地的奋斗者

坚守·安全·奋进　使命在肩

中冶宝钢的安全之灯　点亮　长明

秋先生来了

癸卯年

秋先生来了　几丝清凉

不知不觉间秋风拂面

立秋日　老市河吐着闷热的

气息　树叶快将河面覆盖

是的　江南江北花草正酣

秋先生立于天地间

如"大立人"一般神秘

辰光把廿四节气之扇打开

风来　云恣肆妄为地游走

345

到钢厂去　到作业区去

检查后完成与"胡司令"的约定

"胡司令"就是胡连勇作业长

忙于工作常常吃不上热饭的人

那个哈工大毕业的男子汉

十二天前"胡司令"约起

立秋日　花海鸟语中相见

"走到头，最漂亮的办公室"

又是来了便不想走的地方

秋先生来了　天气是热是凉

向山而行的钢铁工人们

都在最美作业区忙碌

凉可解热浪般的"汗水雨"

热不改心依旧的心田梦

把作业书写在钢铁大地上

走进钢厂 走进作业区

两条弧线上　心情也在

急驶着　向远方与云同行

到钢厂去　到作业区去

走进一线钢铁工人之间

WE　敞开心扉交流吧

冶金运营服务　国内第一

作业区内文化气息浓烈

休息室里窗明几净

一排排茶缸等待着主人

下工平安归来　还有热乎的饭菜

荣誉墙化为"荣誉的天空"

记录着"有多少作业可以重来"

这里就是每个员工的家园

每一天集合　班前会口号声朗朗

一切为了高质量的作业

远离危险源　确保人身安全

到钢厂作业区去再教育

WE　检修机器　条条生产线

如鹰般关注　大力士般劳作

一切为了钢厂顺利运行

班长说　我的班组我的兵

扛起责任上肩　冲锋向前

"汗水雨"一直下个不停

不耽误不懈怠的节奏里

"一束光"来

可有胜利者的呐喊

朋友们　到钢厂去　到作业区去

钢铁般的汉子和"花木兰"们

向山而行　泰山般顶天立地

诗味共茶清

同天风月启诗情

青春和梦想
如钢花一样绽放

轻轻地　我们把岁月存放

在花园般的钢厂里徜徉

海鸥鸣叫　扯落晨曲中的多彩云雾

一轮红日　给海岛上的钢铁巨人

披上新时代的金色阳光

新的一年在晨曲中走来

现代化的钢铁企业　焕发出

新时代的崭新模样

创新与绿色

技术鳌头独占

引领世界钢铁潮头

激情与梦想

青春的步伐里

笑容花样灿烂

青春的奋斗中

梦想于飞般美好荣光

共和国的钢铁力量啊

"站起来"的那一刻

钢花就是这样绽放

全国为了鞍钢重建

青春之火来自四面八方

"三皇五帝""十八罗汉"

锻造民族钢铁脊梁

走向"富起来"的岁月里

举国家之力建设宝钢

宝山滩涂上大会战

激情岁月情溢浦江

钢花依旧火红绽放

"强起来"的新时代

我们谱写火红的第五乐章

青春之歌啊

在神州大地上奏响

在"一带一路"沿线上飞扬

轻轻地　我们把岁月珍藏

共和国七十年的风采

钢铁的力量稳重健壮

从鞍钢"三大工程"　武钢金色炉台

到草原明珠包钢

艰苦奋斗　自力更生的时针

嘀嗒在火车轮毂厂　凝固在

"大三线"——攀枝花盛开的季节

孟泰　马万水精神初心不忘

不耽误　不懈怠　意志无比坚强

青春　我们的脚步坚实有力

梦想　我们拥抱着新时代的春光

让我们为共和国放声歌唱

共和国啊　我是你需要的一块铁

我和我的祖国的旋律里

我是为你熔铸锻造的一块好钢

把产业工人和建设者的激情释放吧

青春和梦想

我们　我们如钢花一样绽放

东有鸟巢
西寻若木

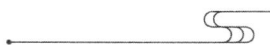

朝晕刻在心底化为永恒

这是东的方向　鸟巢做证

骏鸟已离巢　《十洲记》尚存

扶桑仍顽强地在东方撼动宇宙

元宇宙　可现扶桑　若木　建木　寻木

Metaverse Avatar 虚拟宇宙

Neal・Stephenson 目光超越

视觉　听觉　触觉　嗅觉　味觉同行

部落再度兴起　唐虞时代回归

唤醒古老的中华上古文明

便可知"易"之伟大　东方神韵

若木归来兮　骏鸟再次归隐

东方创造之力　在劳动者手中

长长的黑发再次飘扬　舞动

年的节奏便是吐故纳新

久违了的词汇　吐故纳新

终于迎来了这个辰光

冬雨哗啦啦　下出了春的节奏

是的　年的节奏已春风扑面

雨水把城郭彻底地洗刷

长江可以锁在浓浓的雾中

还有外滩　浦江两岸

城终于羞答答地安静下来

倾泻得如难以控制的泪水

难以抚平的情绪　全部倾泻

新春来了　昂起头吧

吐故纳新是一种活的状态

向山而行　奋进高歌

每每经过张华浜站都要凝望

不远处的高炉　红色的

一曲"金色的炉台"脑海中回响

向山而行吧
出发

醉在晚霞里　发现

没有一片云是多余的

多余的只有自己的认知

还有繁忙追着繁忙的心

透明的心一直在路上

可有一片霞光为我指路

前行的脚步不曾歇脚

不耽误不懈怠地执着

360

哪怕是最后一班地铁

仍需十分力地奔跑

家的港湾总有初升的阳光

呢喃倚着鼾声和孩子的欢叫

日暮里在悄然无奈间消逝

秋风把鸟鸣吹进耳间

秋先生扯落辰光的碎片

一丝丝地扯着　一阵阵地痛

出发吧　男子汉要向山而行

向着传歌的高炉　向着朝阳

可有一丝晨光揽入怀中

轻轻地　轻轻地

把胸打开　又是一个征程

崭新的

宝山寻山

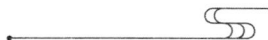

三号轨交穿越魔都

由南向北　由北向南

往来大柏树站的辰光

我的心头总有一声吆喝

出城了　还有进城了

坐在三号轨交上　环视

一望无际的宝山大地

寻着宝山的那座山

君说　的确是有一座山的

但不高　似在公园的某地

张华浜站向西　高炉如山

铁力路站向北　四座高炉

便是宝山挺拔耸立的高山

昨日的滩涂已是十里钢城

产业工人兄弟们日夜鏖战

终日里向山而行　不耽误

不懈怠　生产着"工业面包"

一炉炉火热的铁水　沸腾着

燃了春夏秋冬　天幕深处

总有火红的日出和日暮

映红了最可爱人们的面庞

便是宝山这座大山的坐标

且把江水比作爱的项链

朋友说这条项链很美

还有金沙江和岷江的融合

黄色的 绿色的 化为长江

且把长江比作爱的项链

从木棉花开的地方出发

一头是爱的每个季节

一头是江的奔波东逝

滚滚东去的每一个节奏

总有青春和青春的重逢

注定爱的项链永远拥抱永远

高炉群还在欢歌 鸟语犹酣

产业工人们的步伐 意正浓

目送着江水流逝 爱独自收存

距离

距离很近　咫尺
高炉群齐声合唱
就在身边　就在眼前

风声　四季里悠扬地欢唱
一块块来自异国的矿石
在风的吹送下
高炉体内欢歌

一片天
湛蓝延续着
一艘船
蔚蓝延续着

心总是不由自主地丈量着
自己与宝钢的距离

微笑是一种福分

窗外　冬雨一直下着
长江锁在浓浓的雾中
连同视线　挥剑可否斩断

厅堂内浸在火红的气氛里
山水缠绵　玉兔呈祥　福气
跑满厅堂　还有祥和的微笑
辰光嘀嗒　小年不停步地来
新年开启一个个定修　检修
一个个背影　汗流浃背的
油渍渍的　钢铁工厂中坚守
坚守着新春的福分　渴望着
和和顺顺　平平安安
今天　您微笑了吗

晨光静悄悄地绽放

路也在晨光的揉搓中苏醒

阳光默默地在路面上跳跃

行人走过　城舒展中醒来

节奏便是劳动者的《创之歌》

向山而行　钢铁般的工人们

"海陆空"相守　默默地劳作

挥汗如雨　涂抹湛蓝动感的天空

向山而行
万年荣光

触摸七月，一个火红的年代

七月似火　要攀上高峰远眺

钢铁工人们还在向山而行

"躲进小楼"的念头远去了

走进作业区　走进雨季

把少年梦涂抹在钢铁大地

火红的年代　铸造进行时

两条弧线刻印在脑海

抟云放歌的高炉群　沸腾

一首《铸》之歌从上古走来

民族的　崇高的　东方的

始于黄帝　长江黄河间鸣奏

钢铁工人们敦实的背影啊

从一个个人到一个个群体

油渍满身　浑身湿漉漉

身披晨光和日月星

少年梦　奏响七月的天空

文化自信的翅膀

裹紧那颗

纯粹的无私的灵魂

岱宗

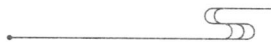

岱宗锁在云雾里了

好一幅国画　千年之笔

千年之叹　千年云涌

岚山在不远处　海之边

产业工人们挥汗如雨

山东钢铁日照基地里

汗水　还是汗水　咸咸的

和海水相拥　拥挤着向远

某个时辰　沿海边走过

品读过往的行行脚印

深深的　是一线产业工人们

向月凝望　思忖生活的印记

一旬日暮揽春风

一旬日暮春　期待中前行

晨光一起向东方　紫气升腾

画板悬在天幕上　自由延伸

霞　一缕一缕地凝聚　变幻

鸟语缠绵　鸽群拉扯着晨幕

心还醉在前行的路途上

PBC425 吨高昂着头颅

洒脱地把色彩涂抹在蓝天里

模具列队　匠心合体展示

我们是世界一流的创新团队

也是运动的强者　青春的舞动

组织起来　一线无畏的产业工人

旗帜下整装待发　号角声声

马迹山港的朝霞溢满金色

汉子们　姐妹们　坚持坚守吧

不辱使命勇于担当　笑傲春光

冶金运营服务

因中冶宝钢而不同

向着2023进发

数着日子　望着流星雨
把辰光捻在星空里
轨交如穿梭机一般飞驰
大柏树站　红扑扑的阳光
一缕一缕地在车厢内洒落

前方便是 2023 的模样
向山而行吧　一步一步
世界杯还在人浪的呐喊中
高举着地球村的标志牌
多少风流人物如流星般消隐
唯有兄弟姐妹们执着地坚守
金属气息扑鼻　油渍满身
起身的那一刻　晨光倾泻
汉子抑或花木兰的容颜
红扑扑的　鸟鸣醉在蓝天里

万物降祥

万象欣欣

有一束光来

太阳出来了　江南之春也醒来

日月星辰在运动中唤醒人类

有一束光　在钢铁产业工人头上

闪耀着光辉　精气神满格

癸卯年正月廿五　春风扑面

高炉群拚云放歌　彩色钢铁

涂满火红的年代　火热的辰光

花草树木都在光明中荡漾

这一束光　洒满一线产业工人们

神情饱满的　刚毅的脸庞

听春

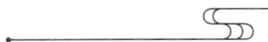

扑棱棱的　喜鹊飞过

叫喳喳　拉下春的幕布

天空湛蓝　心潮逐浪

听春　剥开晨的阴风

张开怀抱　和风扑来

前方　高炉群在歌唱

多彩的万吨轮

在一江春水中闪耀

长江敞开胸襟　温柔地

向东　拥抱蔚蓝色的海洋

择山的方向　奔跑

把逐浪的灵魂　投入

和风里　染成血色

高悬在倔强的骨头上方

里赫特的旋律里陶醉

和缓跳跃的琴声啊

躯体和着舒展脉动

神经在失常中回归

听春　命运需要

走过丘陵　向山歌唱

癸卯夏天

工地圈起来久了　城在改变
变化的节奏压迫着情绪
老太仍执着地"踩踏"着生活
孤影　和着浓浓的苏北口音
些许昨日的风景飘过天空

一晃　辰光并不悠然地流逝
口罩的进化仍在进行
轨道交通终日里轰隆隆奔跑
乘车的人　从焦虑中走出
不变的仍是钢铁工人们
年复一年　日复一日
披着金色的晨光　奔向工厂
总有一曲心灵的相守
华灯初上　回到温馨家的港湾

冰水间拥抱秋天

窗外　雷在云层间奔跑着

雷声阵阵　扯落夏末的雨水

生煎模式里　冰雹降临

壬寅年立秋日在来的路上

壬寅之夏　逢着太阳雨

遥望集贤镇的那条马路

一边大雨倾盆　一边我们望雨欢笑

银铃般的童声刻进脑海

江南的太阳雨　一滴两滴三滴

热浪攥在秋"母老虎"的手中

伏日的晨光　艰难中行走

一丝冰水　便可清凉满怀

产业工人们岗位上坚守

不远处　秋风正在启航

沐浴在金秋晨光里

色彩在噪声和风声里飞扬

阳光扑面而来　眯眼享受

发丝由白变成金黄

胸口在升温　把胸打开吧

长江口开阔　瀛洲清晰可辨

江面似一幅油画　几条船点缀

蓝色的天幕下　云开始聚集

窗前两条熟悉的弧线上

流动着满载的车辆和 3 号轨交

色彩一片片　识别中驶过

东风浩荡　颜色也是亮丽的

五色的十里钢城　饱沾晨光

高炉群抟云高歌　风的色彩

在蓝天中摇曳　还有早班

产业工人们身披的金色阳光

精气神饱满　纯粹的奋斗者之歌

沸腾的开学季

蓝月亮拥着里赫特的琴声

在一首"小抒情曲"中睡去

第聂伯河畔的人仍在望月

一波传说中的日暮饕餮

簇拥着火红的辰光

孤鹜　仍在落日里飞翔

有江河　可有"渔舟唱晚"

那个在国画里熟悉的景象

九月您好！　沸腾的开学季

五色斑斓　披着朝霞到来

还有久违了的校园铃声

一个个梦幻般憧憬的眼神

您好人生！　孩子们来了

有一个会说话的"铸"字

这是钢铁工人们的通行证

用心　用情　用力作业

彩色钢铁家园　沸腾如初

向山而行的汉子们　他们的

父母心　与九月同行

牵挂着走进校园的孩子

秋天穿梭在伏日里

风有了丝丝凉意

秋天来了　云在穿梭

温度仍在伏日里坚守

癸卯年出伏日会有雨来

浇灭热浪　走向秋天

总有瞩目的方向　前方

高炉群抟云歌唱

班组员工在岗位上坚守

夜战的焊花里寻着白月光

一片金叶收纳了

壬寅辰光

时间便是运动　日复一日
辰光是无处不在的行走
睡眠完成了洗脑程序
新的一天　未来已来

一片金叶　清晰中纯粹
如看到了久违的香山红叶
绽放在山间　笑傲冬天

如穿梭回那个季节那段旅行

青春在莽撞中尖刻中撞击

走过就是放下　梦里还在游走

横看成岭　这么多等号扑面

一列列绿皮机车睡在晨曦里

向前一步便是双弧线之上

高炉群不舍昼夜中欢歌

鸟鸣阵阵　彩色的钢铁

高傲地昂扬着东方神韵

产业工人们坚守中奋进

这个秋天不简单

晨风清凉了　鸟语正酣

百鸟欢快地热议着

大片的云遮掩的天幕

还有湛蓝的远方

时而有丝丝柔柔的雨滴

也是清凉的　秋的清晨跌落

轨交呼啸着驶入车站

惊醒了还在梦乡里的人们

咀嚼着不解的梦境上车

去远方　天边那片湛蓝的

地方　"大脑壳"昂着头眺望

新的晨光在秋天里成熟

日修　定修　年修　呼出抢修

守候在秋天里　日复一日

钢铁工人们从四面八方

奔向前方高炉的方向

云端那片湛蓝　很近也很远

秋天行走在天空里

秋分过后　三足乌向南运行

秋天行走在天空里

豫西的日暮　三门峡的天空

一幅璀璨的中国画浮现

和着周口龙都的水墨画卷

还有鹤壁雨润的新芽

秋天行走在天空里

是的 秋景渐浓秋风已凉

熔炉 高炉昼夜欢歌

作业长们 班组长们

一线产业工人兄弟姐妹们

坚守岗位 忘我地作业

班组学习起来 高声朗读

《班组》《工匠》《执行力》

一起诵读《五言律诗·安全》

秋天行走在天空里

秋风已凉 记得添衣

冬雨

感到冷了吗　鸟鸣叫着

晨的空中　云在密集地舞动

冬雨哗啦啦　下个不停

是的　撕裂的风声宣告

壬寅年冬季在延误中到来

朦胧中还能辨析十里钢城

高炉群抟歌依旧

兄弟姐妹们仍在一线奋斗

思绪在凌乱的风的节奏里

如窗户上滚动的雨滴

风雨中　可有汗珠滴落

一瓣一瓣地　难掩劳动激情

2022 冬月

有点黏

壬寅冬月的阳光满格

无私地绽放洒落

阳光下　疑是春天来了

世界杯呼啦啦地来了又去

记住的仅有 C 罗的背影

赢从来不是简单的一个字

赢得人心的却是山海情怀

人世间在匆忙中日复一日

苦乐酸甜碾压着辰光

还是让快乐优先　笑口常开

一天也不耽误　一天也不懈怠

班组文化场便是幸福的家园

抗疫安全　生产安全　精神安全

产业工人兄弟姐妹们

健康快乐地生活劳作吧

一刻不耽误　一刻不懈怠

唱响《家山墙的故事》

春秋几度　唯有奋斗

阳光下　把脚步放轻些

春光来了　抖落黏土前行

大雪望月

清凌凌的冬天来了

雪花纷纷扬扬地飘过

这一天　大雪日不见了主角

太阳携满屏的湛蓝登场

冬月十四　城里的月光很美

又一年了　双弧线飞跃着

港口卸船机抢修正酣

卢长春率弟子们日夜鏖战

安全之上　弧光闪闪

四方的方案凝聚着智慧之光

奋斗者的背影　月光中清晰

设备在日出日落间旧貌新颜

仰望的那一刻　银鸥飞过

腊月初七日

望海

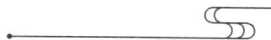

似听见海浪声了　海是不结冰的

向海的心境一直开放着

择一高处坐　望海观潮

慢慢地　慢慢地把胸打开

2022 很长　期待着新年

书法家们忙碌着润笔

福字和对联拥挤在箱子里

墨宝的醇香也拥挤着释放

不远处的奋斗者们期待

2023 的迎新时刻　不远处

一个个劲道的福字

一副副饱满的对联

凝着迎新的祈福　满满的

花总是在不争中绽放

回望　是一种自觉的行为

年底嘀嗒间脚步向前

没有一丝停顿　车轮滚滚

双弧线上　争上游的劲头犹酣

2022 便要静悄悄地消逝

迎新　春来　百花满园

然后春秋故事再次书写

奋斗者敞开战天斗地的情怀

钢铁花园里　依旧色彩从容

兄弟姐妹们依旧步履如磐

挥一挥手
难说再见

2020，天高云淡中走远

高原来的风，歌喉正酣

眯眼似见天马行过

高炉抟鹏似旌旗招展

沸腾的现代钢铁工厂

产业工人们日夜鏖战

头顶一片天，天际湛蓝

脚踏作业区，定睛查验

干劲，一拧就是满盆汗水

闯劲，向前一步我是党员

钻劲，严师带徒崇尚鲁班

三伏天，挥汗如雨

三九天，单衣奋战

累了，喝口水看看妻儿照片

累了，吼上一段我是一个兵

夜夜夜夜，寒暑如故

年年年年，坚守如磐

不耽误　听从班长命令

不懈怠　干吧　行如风

劳动者光荣　时代清风

2020，挥一挥手吧

回眸的一刻，都是泪水

喜悦伤心一起奔来

眼海，深蓝与海洋同眠

心海，湛蓝与天际感应

最可爱的产业工人啊

为什么我的眼中常含泪水

因我对中冶人爱得深沉

无信不立

把辰光拉直了
放到春光里晾晒

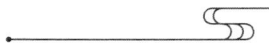

又见除夕日　感觉是否不同

三年有多长　路途有多远

1095 便是长度　风雨兼程

且把辰光拉直了

放到春光里晾晒

阿杜看透了生命这东西

四个字：坚持到底

品一口"妈妈"牌清咖

红红的福字映在湛蓝的窗户上

壬寅年的阳光开始凝固

癸卯新春等待中　期待满满

坚持到底是一种活的方式

在拉直了的一幅辰光长卷中

高炉抟云放歌　钢铁的生命

穿越四季　绿色之上花海绽放

总有倔强的铁骨　巍然屹立

我的奋斗着的兄弟姐妹们

向山而行　中国钢铁因你们而不同

早安是一种力量

无论离故乡多远

心安总在包容中独享辰光

友人会在最寂寞中到来

微笑着　一个深深的拥抱

空气都沉醉在春风里

石洞口电站如传说般存在

近在眼前　很久前的故事

故事里的人已奔赴天涯

生动地　不懈怠地抢修

在长江口码头上　弧光闪闪

不远处　花园工厂动物园内

鸟语欢唱　鹿鸣呦呦

早安您那　吃了吗您呢

追梦者总和三号轨交相约

弧度

两条并行的弧线

噪声拖着秋风

还有风中的色彩

摇曳过天际

远处　高炉群沸腾

将如练的白绸带

系上黑白相间的云朵

彩色的重卡和三号地铁

平行穿越过弧线

驶向白云深处

弧度之上　蓝天下

多彩的江面上

万吨轮集结　牵引着

秋风中的心情弧线

向着故乡的方向

弧度优雅地膜拜

癸卯年的夏天

第三季　癸卯年的秋风来了

辰光高速地转动　如陀螺般

五色化为线　绕紧蓝色的星球

走向

未知领域

专家们意犹未尽地说着

九月　还是开启色彩之门

天空中的云在怒放

幅幅画卷牵动着心海

汇聚在璀璨的日暮里

涂抹在花园钢厂的深处

溢满钢铁工人自信的容颜

谐音总动员

比如今天　11 月 18 日

开启谐音方式　听起来舒服

要要要发　苦中图个乐

哈哈哈哈　又在朝霞中出发

双弧线飞跃在初冬的空间

一条 3 号轨交　一条城中动脉

都连接着上海城区和北上海

人们都朝着目的地进发

民工提着三个包子　喝着豆浆

学生们三两相约　默默无语

中潭路在轨交的穿越中醒来

一定记住　今天要要要发

好日子　步伐也愉快轻松

双弧线之上　轰隆隆的音脉里

牵心的还是忙碌有序的

脚步铿锵　班前会开着

可有晨光抹在你的脸庞

班长带头喊着口号

我们是先进班组　打个样吧

安全第一　事故为零

不远处　喜鹊叫喳喳飞过

宝山路

过了上海站　下一站

便是宝山路了

总有下车的冲动

宝山　多么熟悉的符号

工作多年的地方

"我在上海工作，宝山区"

朋友们不屑地应付着

"上海郊区吧？" "单位呢，

是中冶宝钢！"朋友的脸

呼啦一下亮堂了八度

"好好好，我去宝钢看你"

时间久了　我也不再掰扯

时间很久了　我也信了

中冶宝钢真的就是宝钢

一体两面，相伴成长

车门关闭　宝山路站过去了

再开启关闭十三次

就是友谊路站　目的地

在宝山区盘古路上

新的一天　活力中到来

借一缕清风
走进秋天

又见高炉抟云放歌

秋风渐浓　落叶从容

谁说红酒只能牵手电影

阿罗那专属的笑声传来

红酒一杯　伴着"王致和"

亦是一种不舍的乡愁

无奈的　在大洋的那一边

孤独成为阿罗心海的标签

不忍撕扯　他乡月走向中秋

借一缕清风走进秋天

高炉群不舍昼夜地歌唱

清风徐来　唯见兄弟姐妹们

或刚毅自信或笑容满满的

脸庞　夜以继日地作业

一缕清风拂去劳作的疲惫

唤醒"精气神"的饱满

台风季 天上的云很忙

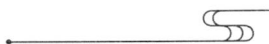

Doksuri　杜苏芮来了

癸卯年第五号台风

辰光里跑满清凉的风

天上的云　一幅立体的画卷

忙碌地奔向更远的地方

这是久违了的山水画面

百态千姿　一眼望不到边

高大的厂房里　忙碌的人啊

为了产线年修有序地作业

阳光之下　作业者心潮逐浪

台风云来　百分百的湿度

和着沉闷的空气席卷

钢铁工人们的背影　湿漉漉的

"汗水雨"下个不停

"咱们工人有力量"　望着天空

作业长满脸汗水　目光刚毅

金属般的嗓子吼出节奏

"再加一把劲吧　目标正前方"

与云相约　钢铁工人们有点忙

余事作诗人

晚秋的天空之镜

（组诗）

云朵的缥缈里　故乡远去

唯天空之镜　折射晚秋返景

一

晚秋还在立冬日的晨光里伸展

叶子一片片地撕裂秋的容颜

湛蓝色　在鸟儿的鸣叫中醒来

午后　浓浓的咖啡心潮逐浪

天空之镜下　心托起灵魂漂泊

哪一个　安静抑或忧郁

无风的潮海里抚弄过晚秋的波纹

二

清晰中　士大夫的神情渐渐模糊

眼神笃定　一个动作后一起奔跑

入耳的是枪声　或许是阵阵鞭炮

飞机轰鸣着　却见不到天空之镜

起降之后　终于徜徉在森林秘境

开怀大笑声中　自由地　心照不宣地

举起金樽　赏若虚的春江花月夜

三

守候在江畔　江水懒散地不愿走远

银鸥的翔姿沉在水中　回映在

黑冠夜鹭的视野中　细细打量

天空之镜　扫描着江水和江畔

散落晚秋聚集的云朵　水中沉睡

扑棱棱的　黑冠夜鹭抖落秋的风尘

敏感地　在江畔树丛间四处张望

四

守候在天空之镜下　瞩夕阳西下

多少美好的语言　多少个日暮里

都深埋在大洋深处　流浪的心

被关闭的窗帘　没有一丝灯影

包裹得严严实实　灵魂不再摆渡

把心镶嵌在晚秋的天境深处

土地上的江河依旧　氤氲相约美丽

五

五色从容　哪一片天空之镜

把一个个孤独的闭合的灵魂

在晚秋深处　一个祥和的午后

煮沸的黑咖里　拽落秋的疲惫

再一寸寸撕开　深情地唤醒

士大夫还在口若悬河地说着

山的那边　著作在车间里日夜印刷

六

晚秋的多样性　驰骋在天空之镜

一段段秋之往事　在黑咖中沸腾

唯有士大夫的深邃如旧　笑呵呵的

磁性的声音　在夜的深处响起

山海在天空之镜下　欢歌雀跃

一片片山海的传说　按图索骥

晚秋的色彩　在收藏家手中把玩

七

把春夏秋混合　调出崭新的颜色

花海一路　灿烂地纯粹地争艳

风从哪里来　金风羞答答来了

银鸥和黑冠夜鹭　安静中等待

风筝追赶日暮久了　放风筝的老人

兴奋地盘算着自己与日暮的距离

天空之镜　渐渐地调节着色彩

八

黑土地上稻谷饱满　粮仓金色的

还有两块黑土地呢　咸吃萝卜吗

地球村里各个村子屯子　共同体

命运总是在孤独中苦苦地挣扎

哪一片天空之镜下　灵魂不再摆渡

哪一个村子屯子里　丰收挤满笑声

总是在安静的夜晚　搂着晚秋同眠

九

劳动者无处不在　五色之上

产业工人们执着地坚守　前行

天空之镜下　高炉群抟云歌唱

哪一首最为嘹亮　一炉炉铁水

火红中转运　百炼成钢　成才

坚守"海陆空"的壮汉们　歌声嘹亮

铁骨铮铮　油渍满身　刚毅中向山而行

癸卯年登高望远

高铁向西　踏上古豫州
散发着五千年文明的气息
座座城都倾诉着曾经的辉煌
一片令人痴迷的土地
向山而行的是产业工人们
黄河的艄公号子声走远
三门峡日暮深处　霞光绽放

又到了望月的辰光
中华老家的那轮月光燃了
海内外游子炽热的心房
登高望远　向着家乡的方向
他乡的记忆深处　醉了梦田

与满月相关的

微风拂面　壬寅年初秋

把情绪梳理出头来

荷池里荷叶依然饱满

两朵荷花依然绽放

吴语　甜美的　在街巷里游走

游走在久违了的人间烟火气里

一团团笑声暖了初秋的节奏

抬头望天　寻壬寅年中秋满月

笑声刺破日暮深处的云层

鸟儿早已归林　山门也已关闭

壬寅年的中秋月是圆的

东坡先生问天　明月几时有

愁的滋味心头独占　秋天之心

因愁把酒　酒中的天地　酒中邀月

化为千年之问　融入天际深处

宜宾支教的辰光　枕着金江入眠

也在江畔驻足　寻天上的满月

思绪掩埋在波涛汹涌的金江了

新村街口　啤酒就着拌菜下肚

再来一碗吃了便难忘记的面条

孔乙己的形象总在眼前飘过

今天应向教过我的老师们致敬

从集贤镇出发　佳木斯　长春

北京一路走来　有联系的不多了

良师益友　改变了对生活的认知

节日里坚守岗位的工人兄弟们

他们也是我的良师益友　改变了

对生命的认知　幸福便是创造

劳动和创造便是人生的意义

今晚月亮圆了　人间烟火正浓

倚在秋风深处寻江南

癸卯年的树叶子开始落了

云阵　倚在长江口上方

蓝白的　湛蓝的　洁白的

游弋在天幕间怒放的云朵

彩色钢铁　钢厂披着灰色斗篷

可是台风雨到来的前奏

倚在秋风深处寻江南

辰光依然在秋风里奔跑

似拉满了日月星辰的帆

一段是春　一段是仲夏

秋先生笑了　该收获了

魂浸在美妙的吴语旋律里

绕梁三日　沁入心海深处

一条河　枕着苏州河入眠

苏州河抑或吴淞江　两个名字

其实是一条江河　最是江南

终日从苏州河畔过　春夏

还有璀璨夺目的秋天

视线里　两条弧线飞驰着

美丽的色彩里　便是江南

文化若水

上善

数学不好　但会数日子

少年偏科　幸运有三哥看着

专攻数学 72 分　脑子里全是

数字和公式　偶尔还想着偷看

电视里《大西洋底来的人》

时间不存在　日子还得数

一周七天　一晃 180 天了

拿什么拯救奔跑的岁月

拿什么面对视频里的弟兄们

duang 辰光如一匹骏马飞驰

就这样呼呼啦啦地遁世

三星堆还在呼唤　期待着唤醒

木讷的众生　火山也在酝酿着

下一站的距离　车站消失

To be or not to be

不变的心　宁静祥和地诵读

诗三百带来的安详和思考

高炉抟歌　牵来思考的祥云

安静地绽放　拽取段段童声

兄弟们挥挥手　开始忙碌

哪片云　可以诉说故事的开始

也许这片祥云听懂了

产业工人的丝丝心语

春夏秋三季吗　子曰然也

慢慢地　慢慢地　雪不会来

扛起日子吧　走向冰冷的雪季

让北方消失　太阳雨来临

光

视野被光拽住了

久久地凝视　忘了辰光

忘了太阳　心浸在东海里

那一刻　耀忠也在远瞩

一句"Fitness Chicken"

笑声欢快地洒满曼德勒

那片古代遗址空间里

鸡高昂着头　瘦长的身

凝固在记忆的视野深处

辰光高速地飞驰

回眸的一刻不能忘怀

"齐、战、疾"回响耳畔

圣人的视野里　光在

一束真理之光　永恒

天域

海洋太辽阔了

一边是激情

激情把天际点燃

一边是祝福

祝福也在天域盛满

熔炼的岁月

拥挤着挂在天域上

窗外的高炉群

在暮色里忙碌

做一块好钢

嵌入天域里

位置并不重要

存在的一刻

大洋的镜面上

静待着谢幕

437

蓝天之上

汇集是一种力量

白云聚集　目的地宝钢

神奇的无畏的伟大的

向前一步　云朵沾满泪水

产业工人们的汗水和油渍

挥洒着与云朵相会

笑傲着　无畏地前行

癸卯岁始又一春

（外四首）

癸卯岁始又一春

江南的春天在春雨中醒来

淅淅沥沥　从壬寅到癸卯

完成了年和年的交接

福字和对联便悄然把守

又一年　又一春　岁岁年年

方刚的短视频里爆竹声声

还有大才子的新春祝福

也算了了辞旧迎新的念想

岁岁如斯　余下的只有一把年龄

蜿蜒的路途上　年年有余足矣

辰光是褶皱的更是擦肩而过

流淌着的辰光在孔子的视野里

便是运动中无一例外的消逝

辰光如斯　岁始也稍纵即逝

快乐是可以传播的　谨记

健康快乐地活　脚踏实地地干

春光灿烂　春风扑面

我的朋友　癸卯初一拜年啦

高度

心的高度成长在神话深处

流淌在唐诗宋词长河里

便是神秘东方"易"的力量

一生二　二生三　三生万物

人的高度长在中国画卷里

江山万里　子在川上曰

逝者如斯夫　与太白醉卧

广袖连接天地　紫气东来

向山而行　居高处回望

总有一束光　开启心智

鼓舞斗志　卷走沿途辰光

忘记便是背叛　初心不负

癸卯花灯里寻烟火

烟火不仅仅是熟悉的味道

更是孩童瞳孔里绽放的色彩

还有新衣　妈妈灿烂的微笑

烟火渐渐地远去　霓虹当空

久违的豫园在人流里延展着

一片片　凝着山海情怀

一步步　熟悉和陌生交织

色舞花灯炫　人行九曲桥

着唐服缓缓走过

逢陌生的山海神话

不时有熟悉的乡音传来

烟火的味道心头飘过

年的辰光里好运连连

你的那个乡也在年的辰光里滚动

八荒之上　总系上故乡的炊烟光晕

在梦里　在思绪里　在难掩的尘

拂去心境中的尘　把胸打开

小夜曲静悄悄地流淌出春天

GOOD LUCK 在不远处等待

守夜　过年　辰光悄然运行

寻年的烟火不再是不期而遇

烟火里的年便是机械般动作

"跨宇宙"在中国称为"元宇宙"

先入为主吧　其实中华文明的

宇宙观　正大光明地闪耀光芒

从远古走来　一部神秘的远古之书

《三坟》机械臂般游走《山海》

五千年了　古老神秘的中华力量

好运来　癸卯新春豫园越《山海》

鹿鸣呦呦　神龙舞动春风

人流似海般涌动着春潮

癸卯之春　　心随年影而动

有多少年的影子可以重来

三年前和兄长们游览豫园

豫园深处　花还在绽放

再次相约　辰光紧拽多年以后

年年年相似　心境却不同

五色浩浩荡荡　携春风袭来

固执于心的意念　相守孤独

哪一个花灯闪动　逢着熟悉的

心海旋律　牵引心海深处的潮涌

转角处　多年后的我们开怀相拥

年的影子　浸泡在辰光的泪水里

回望百年

（组诗）

一

日历翻回到百年前

凝重的数字开始跳动

那个酷暑时节　上海

徘徊在欧洲上空的幽灵

从上而下

落户东方　紫气充盈

二

普通的一只客船

十三个灵魂聚集

青春的灵魂撞击着

南湖一隅

润之凭栏　远瞩

始简终巨

三

朝代仅仅是宫殿的存放吗

廿四史游走在千年风霜中

时空中的每次旋涡里

总有呐喊和旌旗猎猎

先驱者只带着灵魂

和高贵的头颅

四

百年前的一个约定

南陈北李

仲甫和守常两人的约定

饱含着对民族深深的爱

站在高山之巅

呐喊，新文化

奋笔，新青年

五

"三人成众"，瓦当、脊梁

这是新文化剑指的方向

北大校徽凝结着

豫才先生殷殷的企盼

新文化先驱们的期待

敢于横眉冷对

俯首甘为孺子牛

六

仲甫 42 岁　守常 32 岁

豫才 40 岁　润之 28 岁

动荡的年代正在觉醒

青春的热血正在燃烧

百年后感到了

风霜里包裹着的

不屈的灵魂

先驱者革命者

不朽的斗争精神

七

居之无倦，这是我

深爱的土地

行之以忠，仰望着

先驱者赤诚的灵魂

伏案百年前的岁月

找寻革命者的足迹

每每总是眼海偾张

民族复兴的道路

站直。向先驱那样从容挺拔

奋斗。还以砥砺德行为先

八

百年可以回首

青春和青春相通

以青春的名义

致敬先驱者革命者的青春

擦干眼中的泪水

上马。出征。

新时代新征程上

作为民俯首的孺子牛

拓荒牛　创新发展

老黄牛　艰苦奋斗

九

理想是座高山

需要顽强地攀登

是一条奋斗的道路

以赤诚的灵魂做证

千年《天问》还在吟唱

百年前徘徊的幽灵

根植在东方这片沃土

宫殿已远去

以人为本的精神

青春万岁　生生不息

449

特别的爱

（组诗）

谣言鼓惑者自叹不如

这个病毒是鬼精灵

一

问母亲什么话不用打腹稿

谎话！母亲说得斩钉截铁

二

我自愿！斩钉截铁

不回家了吗　年也不过了？

平时两天假都要回到父母身边

冲破四周的疑惑后

毅然奔赴武汉战"疫"第一线

"三剑客"结伴而行

护士长坐镇　我要做一名先锋

三

年的味道淡了

忧虑、不安萦绕

仿佛空气在颤抖

心情在缓慢地驿动

地球似手掌把玩的玩具

一边是火焰

一边是忧愁

四

距离之美再次风行

相见不如思念

遥远的祝福拥挤在空间里

方寸之间　杯子隔空碰撞

情绪或好或坏

铺在杯底杯腰和杯的顶部

一口　饮下 2020 的爱与哀愁

五

眼中有一根刺

麻木了　任灵魂孤独地哀鸣

流行之上　无人忏悔

裸奔的只有清澈的江河吗

口罩可以抵御飞溅的口水

口水中的病毒无声无形

偏见、猜疑、狂躁在病毒之上

六

专家说病毒之于一定的温度

心的温度却始终不听话地下降

"小兔乖乖，把门打开"

ACE2，来自每个人的身体细胞

听不得大灰狼的细语谗言

西湖大学抓住了这个"奸细"

人类还在科学的道路上顽强攀登

七

窗外　钢铁厂好一派繁忙风光

中冶宝钢的产业工人们

任沧海桑田　任雪雨风霜

执着、坚定地在钢厂内奔忙

一刻也不耽误　一刻也不懈怠

共和国的钢铁工厂　笑傲四海

钢铁厂的"高级医生"　笑观疆场

八

高炉群沸腾依旧

宝山、梅山、青山、东山

四大钢铁生产基地　哪里能

没有中冶宝钢人的身影

我们的日历上没有节假日

双手在梦中还不停地比画

嘴里嘟囔着师父交代的"秘方"

九

特别的爱给特别的你

无畏、英勇的产业工人

青山基地　地处江城武汉

中冶宝钢的团队在勠力鏖战

钢铁设备正常　生产正常

鏖战的还有"黄衣天使"和她的护士长

中冶医院的援鄂白衣使者　中冶力量

新时代的春天步伐里

涌动着红色基因蓝色畅想金色愿望

这就是强大的中冶力量

好一朵美丽的茉莉花

芬芳美丽　又香又白

好一朵美丽的茉莉花

江南名曲　唱响寰宇

95 后白衣天使　奋战在

武汉金银潭医院隔离病区援鄂一线

质朴端庄　似茉莉花一样美丽芬芳

2020 年　武汉疫情令世人揪心

救死扶伤　医者仁心

她自愿报名　剪短了及腰长发

毅然踏上赶赴江城武汉战"疫"征程

牢记父母的嘱托和同事们的叮咛

大年初三　院长为她送行　出征

她的家在南通　是父母的"掌上明珠"

受家庭熏陶　家族党员的影响

恨自己不是男儿身　性格生就硬朗

她有一颗阳光开朗的心灵

梦想怀揣心底久了　武汉战"疫"里

怎能没有我辈的身影

我是一个兵，时刻准备着　冲锋

培训后快速上岗　目标是隔离病区

快速适应工作状态　一个人负责

4个危重症患者

还有一个气管插管的病人

进入隔离病区　全身都是重的

内衣、工作服加上隔离衣

拿取东西不方便　节约防护用品

就不能离开隔离病区

"3 个班下来，我已经掌握窍门了！"

她说，"白班，头天晚上 10 点后

就不能再喝水，早餐只能吃干的！"

6 个小时不吃、不喝、不去卫生间

隔离衣不透气儿，不停地忙活、走动

一趟班下来，内衣全部湿透

护目镜上的水直往下淌

这就是忠诚、尽职的白衣天使

"在武汉的第六天，一切安好！"

她"全副武装"工作在一线

四个加油、四个强壮的表情包闪亮

亲朋好友的祝福声　一时间聚集

朋友圈无声中闪个不停

时间：2 月 2 日 21:45，忙碌了一天啦

这个夜晚，她喝了杯称心的可乐

用手抚摸着自己脸上的口罩勒痕

拂去内心的不平静　伏案疾书要求入党：

"我不要做英雄，要做冲在一线的先锋

用我的青春和热情，展现一名

医务系统共产党员的责任与担当。"

2月17日，她25岁的生日别开生面

没有鲜花，人人戴着口罩，

一起用手"扇灭"生日蜡烛

一曲生日快乐歌　宁静地从心底流淌

视频的祝福声中溢满父母的泪容

上海医院这样祝福着天使：

以爱与青春为名，陪你一路成长

她把穿黄色防护服的自己称为"小黄人"

日复一日　辗转于ICU病床前

倾尽心智为患者服务　开心一刻

满意地翻阅着她的"稳心颗粒"

一份份　患者给她看的住院日记

标准、周到的服务赢得患者心声

"小黄人"天使永远是大家的福星

好一朵美丽的茉莉花

玉骨冰肌　淡雅轻盈

她的脚步匆匆　她的背影很美

顽强、执着地奋斗在战"疫"一线

以忘我的精神践行着初心和使命

春天来了　美丽的茉莉花人间绽放

想象力
（组诗）

不是闭上眼睛　脑袋里便会

产生新奇古怪的想象

一

浸在"上古之书"音乐旋律里

慢慢地闭上双眼　清除心头烦躁

慢慢地随着心的游动　轻轻地

把心灵之门打开　让心飞翔

世界其实并不大　承载力有限

那么多灵魂　那么多面孔和无奈

哪一次回眸　异国他乡也是故乡

二

天空之上　千年仅有三个主角

金乌十只　三足乌居东海扶桑

神树之印根植于东方土地

甲骨文的符号里　女人居屋

向着东方跪坐　向着金乌方向

嫦娥牵引着　夜变得不再孤独

向上的力量　星辰似海　仰望

三

七是个神秘的数字　多年前

神秘的力量来自神圣的东方

降　一个神秘的力量感的动词

自上而下　江河氤氲中苏醒

有了东南西北　有了春夏秋冬

搭建起模型　第七个便是地球

阴阳历　周文王高土堆之上演绎

四

廿四节气搭起年的骨架　鲜活的

日子碾压着辰光　滚滚东逝

百鸟翔着　鸣叫着　掀落云层

唤醒无奈的疲惫的烦恼的早晨

连同都市里放纵的麻木的灵魂

唯有劳动者　不耽误不懈怠地奋斗

微笑着抖落夜战的尘埃　平安如歌

五

三星堆的方向　世人纵目般辨识

金沙遗址青铜上的三足乌　苏醒

这里便是神秘的东方　东方之境

黑发人逡巡万年的古老的土地

东海的尽头　马迹山港繁忙如歌

神迹之上　产业工人们辛勤劳作

几度风雨　梦境总是和着海风同眠

六

是时候了　向上之力　振翅飞天

神舟如鹰　中国航天一次次驰骋

传说中的故事　也一次次破防

我是鹰　我们是鹰　来自东方

嫦娥的故乡　北纬 30°

中国空间站　便是三星堆的纵目

三足乌逡巡天际的东方深处

七

想象力　在东风浩荡中迸发

浩瀚的天空深处　中国见证

天际线伸展向上　抒发中国力量

千年抑或万年　嫦娥不再孤单

风神的力量　闪映伏羲的智慧

我们是风之子　东方的中华民族的

仰望吧　梦天实验舱正徐徐上升